W0309132

Diese frühen Erzählungen des deutschbaltischen Autors sind Kindheitserinnerungen aus Riga und von den Sommeraufenthalten am Meer oder auf dem Land, es sind Geschichten aus dem Grenzbereich zwischen der Wirklichkeit und dem Unbewußten, von Volksglauben und Aberglauben. Mit sanfter Melancholie erzählt Werner Bergengruen von Riga und St. Petersburg in vorrevolutionärer Zeit, von den Schicksalen der »kleinen Leute« in Lettland und Estland – und vom Erwachsenwerden.

Werner Bergengruen, geboren am 16. 9. 1892 in Riga, ist am 4. 9. 1964 in Baden-Baden gestorben.

insel taschenbuch 2835

Werner Bergengruen

Sommer am Strand

Werner Bergengruen
Sommer am Strand

Baltische Geschichten

Zusammengestellt
und mit einem Nachwort versehen
von N. Luise Hackelsberger

Insel Verlag

insel taschenbuch 2835
Erste Auflage 2002
© nymphenburger in der F. A. Herbig
Verlagsbuchhandlung GmbH, München
Alle Rechte vorbehalten, insbesondere das der Übersetzung,
des öffentlichen Vortrags sowie der Übertragung
durch Rundfunk und Fernsehen, auch einzelner Teile.
Kein Teil des Werkes darf in irgendeiner Form
(durch Fotografie, Mikrofilm oder andere Verfahren)
ohne schriftliche Genehmigung des Verlages
reproduziert oder unter Verwendung elektronischer Systeme
verarbeitet, vervielfältigt oder verbreitet werden.
Hinweise zu dieser Ausgabe am Schluß des Bandes
Vertrieb durch den Suhrkamp Taschenbuch Verlag
Umschlag nach Entwürfen von Willy Fleckhaus
Druck: Nomos Verlagsgesellschaft, Baden-Baden
Printed in Germany

1 2 3 4 5 6 – 07 06 05 04 03 02

Inhalt

Sommer am Strand

Unser eigentliches Sommerhaus lag land- und waldeinwärts. In jenem Sommer jedoch ließen gesundheitliche Erwägungen einen Strandaufenthalt wünschenswert erscheinen, und so blieb unser Sommerhaus verschlossen. An seiner Statt wurde eine Behausung am livländischen Strande gemietet, in einem kleinen, von Wäldern umgebenen Fischerort. Es war ein zweistöckiges Holzhaus mit Veranden und Balkonen. Der Garten war sehr groß, aber eigentlich nichts als ein Stück Wald, das man hier und da ein wenig gelichtet und mit ein paar langsam vergrasenden Kieswegen sowie einigen planlos aufgestellten Bänken versehen hatte. Westlich zogen die Dünen sich hin, dahinter lag das Meer. Fichten und Kiefern, auch wohl ein paar Birken überragten allerlei wildes Strauchwerk, und vor dem Hause stand als Stumpf eine mächtige, vom Blitz zerspellte Pappel, gewaltig noch in ihrer Erniedrigung. In der Nähe der Küche gab es ein paar Beete mit Radieschen, Salat, Petersilie. Auch meinem Bruder Wolf und mir – dem dritten konnte derartiges noch nicht anvertraut werden – waren zwei Beete zugewiesen. Doch wurde nicht viel aus solchen sanften Bestrebungen. Denn wir wollten Reiter sein und keine friedfertigen Gärtner.

Nicht lange danach eröffnete meine Mutter uns, wir bekämen Besuch, und zwar von unserem etwa gleichaltrigen Vetter Ferdi. Wir nahmen das nicht gerade mit Freude, wohl aber mit Haltung auf.

Ferdi, gute zwei Jahre älter als ich, war uns an Weltläufigkeit überlegen und ließ das fühlen; er besaß eine Taschenuhr, die er häufig hervorzog, und vielleicht könnte man sogar behaupten, es habe etwas von einem süffisanten Besserwissen in ihm gesteckt. Besonders aber war er ein geschickter Kartenspieler und wußte triumphierend durch allerlei Kunststücke zu verblüffen. Wir lernten manches von ihm, und wenn es regnete, war man um Unterhaltung nicht verlegen. Doch wurde das Wetter auch wieder hell, und es gab sonnige Bade- und Spieltage.

Heute würde man von Ferdi sagen: Er gab an. Damals verstand man unter einem Angeber ausschließlich einen Denunzianten. Immerhin, ich erzähle nicht damals, sondern heute. Seine Gespenstergeschichten übertrafen an Grausamkeit noch die der alten Anna. Meist wollte er sie selbst erlebt haben, obwohl sie, wie wir deutlich merkten, von ihm erfunden waren.

Wir mochten uns nicht lumpen lassen und erfanden, ihn überbietend, Ähnliches, das wir auch nun als Selbsterlebtes ausgaben. Es entstand etwas wie eine stillschweigend getroffene Abrede, einander Glauben zu schenken, um selber Glauben zu finden. Wir gerieten in ein lärmendes, großspuriges Schwadronieren.

Seit langem schon trieb ich als ein überaus wichtiges Spiel das Erdenken von Begebenheiten. Diese Form der Selbstunterhaltung war mir etwas Natürliches. Oft begegneten sich hier Anklänge an Gewesenes mit Erinnerungen an Selbsterlebtes und an selbst empfangene Eindrücke. Bisweilen begann es mit dem Entwerfen und Ausmalen von Situationen, wobei es zunächst auf die Beantwortung der Frage hinauslief: Was täte ich, wenn das und das auf mich zuträfe? Etwa wenn ich der Prinzessin vom Monde begegnete und sie würde gerade von drei Strolchen angefallen? Bei derartigen Phantasien kam ein epischer Drang ebenso auf seine Rechnung wie der kindliche Wunsch nach Selbstverherrlichung. Es bedurfte oft nur eines geringfügigen Anstoßes, und ich war mitten in Geschichten von solcher Art.

Damals hatte sich in mir die Geschichte vom Zigeunerüberfall gebildet. Später erinnerte ich mich noch genau daran, wie es zuging. Nämlich eines Abends im Bett, vor dem Einschlafen, stellte ich mir die Ausgangssituation her – als Annahme zunächst, als, wie die Männer der Wissenschaft sagen, Arbeitshypothese, um mich dann zu fragen: Was tätest du in diesem Fall?, welche Frage unmerklich in jene andere hinüberglitt: Was hast du damals getan? Die Ausgestaltung beschäftigte mich noch an manchem Abend, aber auch wohl bei Tage. Mitten im Spiel, beim Baden, bei Tisch konnte mir etwas einfallen, das ich als Tragepfeiler oder Zierat meinem Bauwerk einverleibte.

Obwohl ich mich nun an diesen Hergang genau erinnerte, bildete ich mir doch schon binnen kurzem ein, die Geschichte wirklich erlebt zu haben, und an dieser Einbildung, deren Charakter als der einer Einbildung mir doch bekannt war, habe ich mehrere Jahre lang als an einer Tatsächlichkeit festgehalten.

Das ähnelte meiner Augenzeugenschaft bei einem Gespensterspiel, an die ich ja auch eine längere Zeit geglaubt habe. Jemand hätte, das wußte ich, mir einwenden können, daß ich den zigeunerischen Überfall keineswegs erlebt habe, zum mindesten nicht in dem Maße und auf die Art, wie ich die Masern erlebt hatte. Ich hätte ihm, wollte ich es mit der Wahrheit halten, kaum widersprechen können, obwohl er rundherum im Unrecht gewesen wäre. Aber wie sollte ich ihm klarmachen, daß ich auf eine zwar abweichende, aber unvergleichlich grandiosere Weise jenen Überfall dennoch erlebt hatte?

Allein es wird Zeit, daß ich meine Geschichte erzähle. Eines Abends, bei geschlossenen Läden, aber nach innen geöffneten Fenstern, erwachte ich von einem aus dem Garten kommenden, ungewöhnlichen Geräusch, das ich, aufmerksam lauschend, bald in eine Anzahl von Einzelgeräuschen aufzulösen wußte. Ich unterschied den Schleichschritt bloßer Füße, das Knacken von Zweigen, Geflüster und Waffengeklirr.

Sofort fiel mir ein, daß ich ja im Laufe des Vormittags mehrfach Zigeuner in der Nähe unseres Hauses gesehen hatte. Und hatte ich nicht schon auf dem Festplatz im Walde Beobachtungen gemacht, die zur Wachsamkeit gegenüber Zigeunern aufforderten? Ja, ihrer zwei hatten gestern am Gartenzaun gestanden und sich lebhaft unterhalten. Sie hatten hinübergeblickt, allerlei Zeichen gemacht und hämisch gelacht. Es war klar, daß es sich um die Vorbereitung eines bösen Anschlags gehandelt hatte und daß dieser Anschlag jetzt ins Werk gesetzt werden sollte. Kurz, ob es nun auf einen Einbruch oder einen Sturm abgesehen war, die Zigeuner schickten sich zum Eindringen in unser Haus an.

Meine Gedanken arbeiteten blitzschnell. Dann rief ich sehr laut: »Alles zu den Waffen! Sofort den Strandreiter wecken! Er schläft bei Anze! Er soll seinen Säbel und seine Pistole mitbringen und den Befehl über die anderen Männer übernehmen. Ich selbst halte meine Schußwaffen bereit.«

Der Hinweis, wo der Strandreiter zu suchen sei, wolle nicht mißverstanden werden. Ich hatte einmal, kurz vor dem Saljumball, gehört, wie die Frauensperson in der Küche zu Anze, unserem Küchenmädchen, sagte: »Nimm dich vor dem Strandreiter in acht, er wird auch nicht Vaterunser aufsagen wollen. Was wird er wollen? Schlafen bei dir wird er wollen.« Dem Strandreiter konnte ich diesen Wunsch, von dessen Tragweite ich keine Vorstellung hatte, unmöglich verübeln – ich selbst hätte es mir herrlich gedacht, bei Anze schlafen zu dürfen! Nachher aber kränkte es mich als ein Zeichen seiner Bevorzugungen, daß er diesen Wunsch, von dem ich freilich nicht wußte, ob er ihm erfüllt worden war, hatte merken lassen dürfen.

Meine List wirkte, wie es ja auch nicht anders zu denken war.

Plötzlich war alles still, wie von Schrecken gelähmt. Dann zischte eine befehlsgewohnte Stimme: »Zurück!«

Ich hörte ein paar geflüsterte, halb unterdrückte Flüche, danach das Tappen von hastigen bloßen Füßen. Die Schritte wurden leiser und verstummten. Der Sturm war abgeschlagen, der Feind suchte das Weite.

Nie war ich so stolz gewesen wie in diesen Augenblicken! Dennoch fehlte meiner Geschichte ein rechter Abschluß. Dies mochten auch die Zigeuner empfunden haben, und mit einem glücklichen Einfall halfen sie mir aus der Verlegenheit. Als sie weit genug waren, um keine Verfolgung befürchten zu müssen, stimmten sie ein Lied an, und nun klang es, allmählich leiser werdend und verhallend, durch den Wald:

Lustig ist Zigeunerleben,
fa – ri – a …

Die Zigeunergeschichte berauschte mich zweifach: als von mir ersonnene Geschichte und als von mir verrichtete Tat. Ich hatte die Zigeuner in die Flucht geschlagen. Ganz in der Stille, ohne Aufsehen oder gar Dankbarkeit zu verlangen, hatte ich alle die Meinen und dazu unser Hab und Gut gerettet. Ich hatte meinen kleinen Bruder Olaf vor vielleicht furchtbaren Schicksalen bewahrt. Denn das wußte man doch, daß die Zigeuner vorzugsweise Kinder entführten und daß diese oft erst nach langen Jahren und Jahrzehnten an einem Muttermal oder einer Narbe von den eigenen Eltern wiedererkannt wurden. Aber wer konnte denn wissen, ob die Zigeuner es bei Olaf hätten bewenden lassen? Beim Saljumball Anzes ansichtig geworden und von ihrem Liebreiz bezaubert, mußten sie, es war nicht anders denkbar, ihre räuberischen Hände nach diesem Schatz ausstrecken. Da hatte ich eingegriffen, hatte, großmütig alles Geschehene vergessend, die Schöne aus der Gefahr gerissen.

Ich stellte mir vor, wie großartig sich die Geschichte in einem Buch ausnehmen mußte, und selbst wenn dieses Buch auch nur »Wackre Knaben – große Männer« hieße.

Meine Geschichte erfüllte mich, wie der Gedanke an das Gespensterspiel mich erfüllt hatte. Nein, auf eine unvergleichlich hitzigere, berauschendere Weise, als alle sonst von mir erdachten Geschichten es hatten tun können.

Ich war gewohnt, meine Geschichten für mich zu behalten, unbedingt den Erwachsenen gegenüber, bei denen ich wahrscheinlich nicht viel Glück mit ihnen gemacht hätte, meist aber auch gegenüber Altersgenossen; und bisher waren ja auch diese Geschichten für gewöhnlich im nicht eigentlich Erzählbaren, nämlich in der Aufstellung von Ausgangssituationen, steckengeblieben. Jetzt aber fand ich zum ersten Mal in einem meiner Produkte etwas von der anekdotischen Wohlabrundung, die mir an den Erzählungen der gedruckten Bücher aufgefallen war. Ich meinte, es müßte mich zerreißen, wenn ich diesmal den Mund nicht übergehen ließe. Es war unmöglich zu schweigen. An Wolf, den Älteren, mochte ich nicht herantreten. Er hatte mich manches Mal die Geringschätzung, mit der er meinen Phantasien gegenüberstand, merken lassen. Ich beschloß, zunächst Ferdi in mein Vertrauen zu ziehen und erst danach, gestützt auf den bei ihm erworbenen Ruhm, den Versuch bei Wolf zu unternehmen. Diesmal würde auch Wolf mir seine Bewunderung nicht versagen.

Schließlich, was konnte dabei sein? Hatte Ferdi uns nicht viel ungeheuerlichere Dinge erzählt? Daß man Feinde durch eine Kriegslist zum Rückzug bewog, war das etwa ungewöhnlicher, als wenn man mit ertrunkenen Matrosen Karten gespielt oder bei Dünamünde ein unbemanntes Segelschiff zwei Klafter über dem Meeresspiegel hatte schweben sehen? Daß man sich in einer Menagerie versteckt und spätabends »ein Raubtier« befreit hatte? Näheren Angaben über die Gattungszugehörigkeit des Raubtieres suchte Ferdi sich zu entziehen. Oder daß man mit seines Vaters Revolver einen schneeweißen Seeadler mit blutigen Krallen geschossen hatte, und an einer der Krallen hing noch ein Stückchen Menschenfleisch?

Auf dem Rückweg vom Bade, unter vier Augen, denn Wolf war schon vorausgelaufen, begann ich ihn einzuweihen. Er unterbrach mich mit der Frage, wann das vorgefallen sei.

»Ein paar Tage, bevor du kamst«, sagte ich.

Als ich in all meiner Unschuld und Unwissenheit deklamierte: »Sofort den Strandreiter wecken! Er schläft bei Anze!« begann Ferdi schallend zu lachen.

Ich mußte eine Pause machen. Dann fragte ich betreten nach dem Grunde seiner Heiterkeit.

»O du Kindskopf«, sagte er, ohne sich des näheren auszulassen.

Ich erzählte weiter. Ferdi lächelte skeptisch.

Mir stieg ein würgender Schrecken die Kehle hoch. Arme

und Beine wollten mir kraftlos werden. Gott, warum hatte ich nicht schweigen können!

Wir kamen zu Hause an. Ich bat Ferdi, von dem Erzählten zu niemandem zu sprechen. Das werde er sich überlegen, erklärte er.

»Na, du Zigeunerbesieger?« sagte er eine halbe Stunde später beim Mittagessen. Wolf horchte auf. Ich fühlte, wie ich dunkelrot wurde. Meine Mutter bemerkte es, aber sie wollte mir eine Beschämung ersparen, stellte keine Frage und schlug ein unverfängliches Thema an.

Am Nachmittag ging ich meine eigenen Wege. Jetzt müßte man ein Pferd haben, dachte ich, ein richtiges Pferd, und dann in den Wald und nie wieder zurückkommen.

Was war es, fragte ich mich, was Ferdis Verhalten bestimmt hatte? Es war nicht etwas Unglaubwürdiges in meiner Geschichte. Nein, es war sein Neid. Es war, als hätte ich ihm etwas vor der Nase wegerlebt. Daß es mir begegnet war und nicht ihm, das vermochte er nicht hinzunehmen.

Gegen Abend stellten Wolf und Ferdi mich im Garten.

Wolf wollte wissen, was das für eine Zigeunergeschichte sei, die ich Ferdi erzählt hätte. Ich wurde förmlich vernommen. Die Hände in den Hosentaschen, stand Ferdi lächelnd dabei. Auch er griff ein. Wolf stimmte seinen spöttischen Fragen zu, ja, er überbot sie noch.

Obwohl zu gastfreundlichem Betragen angehalten und auch wohl darum bemüht, hatten wir, von Ferdis Überlegenheitsbewußtsein gereizt, bisher mitunter eine Front gegen ihn gebildet. Hätte ich zu Wolf gesagt: »Paß auf, wie wir Ferdi verkohlen wollen, ich habe mir da etwas ausgedacht«, dann hätte alles seine Ordnung gehabt. So stand ich als ein Aufschneider da, während mein Herz mir sagte, daß ich ein Dichter war und ein Zigeunerbesieger dazu.

Ja, mein Bruder verriet mich auf eine wahrhaft entsetzliche Weise, indem er sich überraschend auf Ferdis Seite schlug.

Sie befragten mich über einzelne Punkte.

»Man mußte die Stimme verstellen und ganz tief machen«, berichtete ich stockend.

»Mach das doch vor«, sagte Ferdi.

Ich versuchte es und wurde ausgelacht.

Wieso denn ich allein vom Anrücken der Zigeuner wach geworden war? Gerade was mir als das Schönste erschien, daß ich, ich allein die Feinde hatte kommen hören, das wurde mir nun zum Bösen gerechnet.

Ich behauptete also, Lärm im Hause gemacht zu haben, einen Lärm, der die Zigeuner verscheuchte? Wieso denn im Hause niemand etwas von diesem Lärm gehört habe? Nicht einmal Wolf, der doch mit mir im selben Zimmer schlief?

Das war allerdings diejenige Frage, die nicht hätte gestellt werden dürfen. Was ich bisher in meiner Begeisterung nicht wahrgenommen hatte, nämlich daß mir hier ein Kunstfehler unterlaufen war, davon wurde ich jetzt auf rauhe Art unterrichtet.

Aber hier faßte ich mich zu einer Replik. Eben erst hätten sie beide darüber gelacht, daß meine Stimme nicht laut genug gewesen sei, und jetzt ...

Ferdi fiel mir ins Wort. »Laut schon, kreischen kannst du gewiß, aber tief ist noch etwas anderes.«

»Die Zigeuner draußen konnten mich eben hören, weil sie dicht am Fenster standen. Ihr müßt doch einsehen, daß man durchs offene Fenster etwas hören kann, was man durch die Innenwände im Hause nicht hört!«

»Zwischen meinem Bett und deinem sind keine Innenwände«, sagte Wolf kalt.

»Weil du schläfst wie ein Besoffener im Straßengraben! Zigeuner haben eben schärfere Ohren.«

»Nimm dich in acht!«

Ach, es nützte ja alles nichts. Meine Bloßstellung, meine Beschämung war vollkommen. Ich verlor die Herrschaft über mich selbst und schrie Ferdi an:

»Du hast ja noch nicht einmal auf einem Pferd gesessen!«

»Hör auf«, sagte Wolf, warnend und drohend zugleich.

Ferdi war einige Schritte zurückgewichen. Sein Gesicht war blaß geworden. Ich hatte ihn an der verletzlichsten Stelle getroffen. Von Natur kein Raufbold, zog er die Hände aus den Hosentaschen und ballte die Fäuste. Er schnappte nach Luft und keuchte: »Du hast wohl lange nicht mehr dein eigenes Geschrei gehört?«

Dann machte er in drohender Haltung zwei Schritte auf mich zu, freilich langsam und nicht ohne einen forschenden Blick auf Wolf zu werfen.

Wolf, der nicht wußte, wie er sich verhalten sollte und was in solchen Fällen der Gastlichkeitskomment der großen Welt vorschreibt, tat dennoch das Vernünftigste.

»Mach, daß du wegkommst!« fuhr er mich an. »Wir haben ganz genug von deinem Geschwätz, du Schwindler!«

Ich gehorchte.

Wohin mich wenden?

Ich lief in das Gebüsch, ich warf mich auf den Boden und riß, von Tränen überströmt, das Gras aus.

Ich weiß nicht, wie lange mein Zwist mit Ferdi und Wolf gedauert hat; nach meiner Erinnerung eine Anzahl von Wochen, doch werden es nach der Erwachsenenzeitrechnung wohl nur ein paar Tage gewesen sein. In dieser vereinsamten Zeit sah ich keinen anderen Ausweg als den, mich unserem jüngsten Bruder zuzuwenden, von dem als einzigem ich eine freilich unverständige und daher wenig befriedigende Bewunderung erhalten konnte. Aber sosehr es mich verlangte, wenigstens einen gläubigen Zuhörer zu finden, in die Zigeunergeschichte wagte ich Olaf, seiner noch ungeübten Verschwiegenheit mißtrauend, nicht einzuweihen; und daß hier eine Erwägung der Weltklugheit über einen leidenschaftlichen Mitteilungsdrang siegte, das glaube ich mir nicht gerade hoch, aber doch nicht ganz niedrig anrechnen zu dürfen.

Warum erzählt man solche Sommergeschichten? Warum habe ich meine Erinnerung gerade an diesen Sommer gehängt? Warum erhalten sich bestimmte Kinderzeiten im Gedächtnis, und andere, die nicht ärmer schienen, gehen ohne Spur verloren? Ich möchte vermuten, lebendig oder doch wiedererweckbar dauern jene fort, in denen schon etwas von den Ablaufgesetzen des Künftigen sichtbar sich vorbildet – Erlebnisse, die, über Gestrüpp und Gewirr der Zufälligkeiten hinauswachsend, den Weltlauf, ob auch in den engsten Ausdehnungen, deutlicher als andere spiegeln.

Ich habe auf die Art eines Kindes in jenem Sommer Glück und Unglück erfahren. Sehe ich auf ihn als auf ein Ganzes, so will mir inmitten alles Mißratenen und Verqueren etwas begegnen, das ununterdrückbar zum Vertrauen auffordert, etwas, das mir sagt: Du wirst die Welt bestehen, und mag es zu Zeiten diesen Anschein noch so wenig haben.

Am Ende dieses Sommers geriet unser ganzes Leben in eine andere Bahn. Zuerst war das Stadtjubiläum. Man mutete uns nicht zu, die große Handels- und Industrieausstellung zu besehen, aber nach Alt-Riga und auf die Vogelwiese wurden wir mehrere Male mitgenommen. Ich geriet in einen Taumel, der mich nicht einmal im Schlafe freiließ.

Schloß ich die Augen, so kreisten Feuerwerksräder, Tiger sprangen durch brennende Reifen, Fotografien bewegten sich auf wunderbare Weise, Berg- und Talbahnen sausten, Karusselle drehten sich, überall blähten sich Fahnen, und ihr Flattergeräusch ging in Drehorgelmusik, Glockengeläut und Schießbudengeknall über. Alt-Riga verzauberte mich. Da hatte man geschichtsgetreu und in natürlicher Größe aus Holz und Leinwand ein paar mittelalterliche Straßen aufgebaut – es war das Zeitalter des Historismus und der Meiningerei (gemeint ist das Schauspielensemble des Hoftheaters Meiningen, das häufig auch in Riga mit historisierender Ausstattung gastierte) –, und wir erkannten mit Stolz einige uns vertraute Ecken wieder. Die alte Stadtapotheke war auch da, mit lauter Museumsbeständen möbliert, und es wurde darin Konfekt nach mittelalterlichen Rezepten verkauft. Es schmeckte abscheulich in seinem Übermaß an Gewürzen. Die Vogelwiese war ein ausgedehnter Rummelplatz; wir durften dies und das, schießen und würfeln und Gefrorenes essen und rote Gazeuze trinken, und wir durften die beiden ersten Filme unseres Lebens sehen; es waren zugleich die ersten, die in unserer Vaterstadt gezeigt wurden.

Jeder dauerte nur einige Minuten. Der eine gab eine nächtliche Kissenschlacht im Mädchenpensionat wieder, wobei zuletzt die Kissen entzweigingen und die Federn der Füllung, alles verhüllend wie ein Schneesturm, durch die Luft wirbelten. Im zweiten angelte ein Knabe an verbotener Stelle und wurde von einem dicken, schnauzbärtigen Polizisten verfolgt; es ging durch das Ufergesträuch und durch die Gräben eines wasserreichen Gemeinwesens, bis schließlich ein dünner Steg brach und der ungeschickte Wachtmeister ins Wasser fiel.

Man war in jener Zeit noch nicht darauf verfallen, daß jeder Kriminalfilm mit dem Siege der Polizei enden muß und mit Verhaftungen, für die sich nachmals die Bezeichnung »Happy-End« eingeführt hat. Heute wünsche ich mir – ach, nur ein einziges Mal! – einen Kriminalfilm damit enden zu sehen, daß alle Polizisten düpiert und tot auf der Strecke bleiben, während der Verbrecher, jovial mit der prall geschwellten Brieftasche winkend, im Helikopter zum Blauen entschwebt …

Lang, lang liegt jener Sommer am Meer zurück, abgeglitten in die dämmerige Tiefe der Zeit, die sich immer williger zeigt, auch mich aufzunehmen.

Die Märchenkutsche

Von allen Erinnerungen des Menschen sind keine wunderbarer beschaffen als die aus seiner Kindheit. Denn während sonst jeder Erinnerung ein Erlebnis zugrunde liegt, kann es hier geschehen, daß wir uns bis zur Schwurbereitschaft deutlich eines Vorfalles erinnern, von dem wir wissen, daß er sich unter gar keinen Umständen ereignet haben kann.

Von Kindheitserinnerungen solcher Art sprachen wir eines Abends, als wir in Überlingen am Bodensee im »Hecht« saßen und Seewein tranken. Ich selbst habe mich lange Zeit im Besitz einer Erinnerung von ähnlicher Beschaffenheit geglaubt und erzählte sie an jenem Abend der kleinen Tischrunde.

Soweit ich zurückdenke, ich finde den Punkt nicht, da man mir nicht schon Märchen erzählt oder vorgelesen hätte. Auf kindliche Art glaubte ich an diese zauberischen, hexen- und feenhaften Vorfälle, wobei ich es freilich als ordnungsgemäß hinnahm, daß mir selbst noch nie die Begegnung mit einem Heinzelmännchen oder einer verzauberten Prinzessin zuteil geworden war.

Eines Nachmittags ging ich allein den Thronfolger-Boulevard in Riga entlang. Es war Schneeluft und Dämmerung, und ich fühlte mich von diesem Doppeleindruck zu einer ahnungsvollen Traumbereitschaft aufgefordert. Dazu begannen jetzt im Blauen die Gaslaternen ruckhaft aufzuflammen, denn in der Stadt gab es Gasbeleuchtung, während in den entfernteren Vorstädten auf hohen, ungestrichenen, viereckigen Holzpfosten noch Petroleumlampen standen, die wir, je nach Jahreszeit und Gelegenheit, mit unreifen

Äpfeln, Fichtenzapfen, Kastanien oder Steinen in Scherben zu werfen liebten.

Es fuhren viele Droschken vorbei, ein paar Lastwagen und auch Radfahrer oder, wie wir damals sagten, »Velozipedisten«, und alle diese Fahrzeuge schienen mir etwas Unwirkliches und Verzaubertes zu haben. Es war, als wollten sie etwas ganz anderes ausdrücken, als was sie meiner Alltagserfahrung nach zu sein hatten.

Neben mir ging ein Soldat mit einer Fellmütze. Plötzlich stieß er einen Ruf aus, den ich damals noch nicht verstand, es wird jener etwas herzkräftige Ausruf gewesen sein, mit dem der Russe jede Art der Gemütserschütterung auszudrücken liebt. Sein Mund blieb offen, seine Augen quollen vor. Ich werde mit Mund und Augen ziemlich das gleiche Spiel getrieben haben, denn in diesem Moment war schellenklingelnd das sonderbarste Gefährt von der Welt um die Ecke der Nikolaistraße gebogen.

Zwei schneeweiße, goldgehörnte Ziegenböcke trabten vor einer kleinen gläsernen Kutsche. Daß vom Bock ein reich galonierter Kutscherzwerg regierte, durfte nicht wundernehmen. Aber im Wagen selbst saßen, holdselig lächelnd, der Prinz und die Prinzessin, beide so groß wie die Puppen meiner Cousinen, bunt leuchtend und goldflitternd gekleidet, wie eben Prinzen und Prinzessinnen gekleidet sein müssen, mit Barett und Federn und in Seide und Samt.

Und was tat die bezaubernde kleine Prinzessin? Sie sah mich an, mich, sie hob die Fingerspitzen an die Lippen, sie warf mir eine Kußhand zu – und da war die Märchenkutsche auch schon vorüber.

Ich war so betäubt, daß mir nicht der Gedanke kam, ihr nachzulaufen. Ich kann mich auch nicht erinnern, wie ich den Rest dieses Tages verlebt habe und in welcher Verfassung ich nach Hause gekommen bin. Ich weiß nur, daß ich weder Eltern noch Geschwistern noch Dienstboten auch nur ein Wort von meinem Erlebnis erzählt habe. Denn ich fühlte zu deutlich, daß man mir den Glauben versagen, ja, daß man unerklärbarerweise mit diesem Versagen im Recht sein würde. Dennoch war es eine Wirklichkeit, die keinen Zweifel zuließ, ich hatte die Märchenkutsche gesehen, und die Prinzessin hatte mich angelächelt und mir eine Kußhand zugeworfen.

Auch heute noch kann ich mir jederzeit aus meinem Gedächtnis dies Bild vor Augen rufen und kann die Begebenheit mit meinem Eide bestätigen. Und doch wußte ich in späteren Jahren, daß sie nicht stattgefunden haben kann, da ja auf dieser Welt solcherlei Kutschen nicht einmal durch die Nikolaistraße und den Thronfolger-Boulevard in Riga fahren. Und so war ich denn genötigt, an eine jener sonderbaren kindlichen Gedächtnistäuschungen zu glauben. Allein die Geschichte fand eine gänzlich andere Auflösung, denn unter den Gefährten jenes Überlinger Seeweinabends war ein Landsmann von mir, einige Jahre älter, der sagte: »Natürlich haben Sie diese Kutsche gesehen, es war die Reklame-Umfahrt von Mirellis Liliputanertruppe, die damals in Riga gastierte, ich selbst war in der Vorstellung. Hätten Sie nur zu Hause den Mund aufgemacht, dann hätten Ihre Eltern Sie wahrscheinlich hingeschickt.«

Ich kann nicht leugnen, daß diese überraschende Aufklärung mir ein kleines törichtes Unvergnügen verursachte, aber beim Seewein haben ja Mißbehaglichkeiten keinen sehr langen Bestand. Noch heute freue ich mich indessen darüber, daß ich zu Hause geschwiegen habe und nicht in die Vorstellung gekommen bin. Länger als ein Vierteljahrhundert habe ich auf diese Weise in meiner Erinnerung das

Lächeln und die Kußhand einer Zwergenprinzessin bewahren dürfen. Das ist ein Glück, das sicherlich wenigen Menschen gegönnt ist. Ich wünschte es manchen, nicht nur in Riga.

Der Teufel im Winterpalais

Zu den eingewanderten deutschen Handwerkern, die es in den ersten Jahrzehnten des vorigen Jahrhunderts in Petersburg zu Wohlstand und Ansehen brachten, gehörte auch der Schneidermeister Johannes Biermann, der seinem Sohn August eine sorgfältige Erziehung geben konnte und ihm endlich außer einem leidlichen Barvermögen ein im besten Rufe stehendes Geschäft am Wossnessenski-Prospekt hinterließ. Der Sohn, beweglich, heiter, bereits im Wohlstand aufgewachsen, verließ sich auf den bewährten Altgesellen Hinrichsen und sah selten in die Werkstatt hinein, außer wenn es sich um Kleidungsstücke für den eigenen Bedarf handelte.

»Heut sind andere Zeiten«, sagte die alte Haushälterin Warwara Nikiforowna, »Schneiderssöhne leben heute wie Flügeladjutanten, tanzen wie die Hampelmänner und reden französisch wie die Unchristen!«

»Es sind andere Zeiten«, dachte der Altgeselle Hinrichsen, »der alte Meister hat in seinem Leben nicht soviel Anzüge gebraucht wie der junge in einem Jahr!«

»Es müssen andere Zeiten werden«, sagte Biermann selbst. »Was hilft es mir, daß ich in reichen Kaufmannshäusern empfangen werde, solange ich zu den wirklich feinen Leuten nur kommen darf, wenn sie ihre Bekannten mit einer neuen Weste verblüffen wollen!«

Und dann stellte er sich voll Bitterkeit vor den Spiegel, betrachtete sein hübsches Gesicht, träumte sich ein orangefarbenes Ordensband über die Frackweste und machte Verbeugungen nach allen Seiten.

Eines Tages schickte der Leibhusarenkornett Alexej Andrejewitsch Rjabtschikow bald nach Weihnachten seinen Schlitten zu Biermann und beschied ihn sofort ins Haus seiner Eltern.

Biermann fuhr zweispännig durch die Straßen in Biberpelz und Zylinder, den rechten Arm über der Bärenfelldecke, ganz Kavalier, der zu seiner Prinzessin fuhr im eigenen Schlitten mit livriertem Kutscher.

Als er mitten im Schwarm der Rjabtschikows stand, als Vater, Mutter, Sohn, Töchter, Vettern und Tanten ihn schnatternd hierhin und dorthin zerrten, um zuerst beraten zu werden, verbeugte sich Biermann wieder nach allen Seiten. Er hatte noch kaum begriffen, daß er sie alle für den großen kaiserlichen Maskenball im Winterpalais kostümieren sollte, da wirbelte etwas Kleines, Rosafarbenes ins Zimmer, packte den Schneider am obersten Rockknopf und schrie: »Und mir müssen Sie das allerschönste machen, ich darf mit! Zum allerersten Mal!« Und die kleine Marja Andrejewna wirbelte die dicke Mama durchs Zimmer, bis die alte Rjabtschikowa kaum noch Luft bekommen konnte.

Als Biermann auf dem Heimweg war, diesmal ohne den kammerherrlichen Schlitten, spann er diesen bunten Traum weiter, und es war ihm zumut, als sei er selber auf dem Maskenball im Winterpalais und tanzte mit der kleinen Marja Rjabtschikowa. Es war ja bald Butterwochenzeit, und da mußte die Welt verzaubert sein. In dieser Zeit der Mummerei ließ jeder seinen Alltag zu Hause.

Und er? Ja, das war's! Er würde ein Teufel sein!

Nun wurde er fast jeden Tag zu den Rjabtschikows gerufen zum Beraten, Maßnehmen, Anprobieren und Ändern. Marja zwitscherte und lachte: »Sie sind ein großer Künstler, Herr Biermann! Das hat Mama auch schon gesagt.« Da war er glücklich und hatte es ebenso wie die Familie Rjabtschikow bereits völlig vergessen, daß der Kammerherr von einer beträchtlichen Anzahlung gesprochen hatte. In der Werkstatt aber war Mangel eingekehrt: Es gab kaum noch lohnende Aufträge, zwei Gesellen hatten schon entlassen werden müssen, Samt, Tuche und Futterstoffe verschwanden ellenweise, und der alte Hinrichsen übersah vieles.

Aber Biermann merkte wenig davon, die Aufträge mußten abgewickelt werden, und nachts arbeitete er an seinem großen Geheimnis. Der Abend war da.

Von zehn Uhr an drängten sich die Schlitten vor der Newaseite des Winterpalais, und die Absperrungsmannschaften hatten Mühe, das Volk so weit zurückzuhalten, daß die Eingeladenen das Jordan-Portal erreichen konnten. Kleinbürger, Händlerinnen, Bauern, Soldaten, Schüler, Dienstboten standen Kopf an Kopf und kreischten auf, wenn die buntvermummten Gestalten aus den Schlitten stiegen.

»Heiliges Gottesmütterchen von Kasan! Ein Teufel!«

»Du, nimm dich in acht, der holt dich, wenn du mir noch einmal auf den Fuß trittst, du Hundesohn!«

»Gott behüte, wie der aussieht!«

Biermann erzitterte. Jetzt, hier an der Schwelle, wo die Uniformen der Palastwache flimmerten, würde man ihn anhalten, ausfragen und geradeswegs nach Sibirien schicken. Er schwitzte, taumelte, wollte umkehren, aber das Gedränge gestattete keinen Eigenwillen mehr. Biermann schloß die Augen, hörte Fußgetrappel, Kleidergeraschel, wirres Stimmengesumm, da hatte der Strom ihn schon in die Garderobe getragen.

Ein Kammerlakai nahm ihm Pelz und Zylinder ab, da hörte er eine weibliche Stimme neben sich: »Mich können Sie nicht täuschen, Fürst! So einen Teufelseinfall konnten nur Sie haben!«

Ja, er sah wahrhaft toll aus, als er vor den großen Wandspiegel trat: die Haut kohlschwarz, die Krallen an Händen und Füßen, die Hörner vorne auf der Stirn, wilde Zottelhaare im Gesicht, der lange Schwanz, den er jetzt übermütig über den linken Arm warf wie eine Schleppe.

Im großen Nikolai-Saal wurde bereits getanzt, und Biermann stand geblendet und betäubt vor der unübersehbaren Menge hin- und herwogender Farbflecken, über die Hunderte von Wachskerzen ihren warmen goldenen Schimmer schütteten. Allmählich unterschied er Einzelheiten. Er erkannte sogar die alte Rjabtschikowa, die er als spanische Herzogin würdig hergerichtet hatte. Er äugte weiter und erschrak.

Ja, unter dem Porträt Alexanders des Ersten, unweit des erhöhten Platzes, auf dem die Kaiserin saß, dort stand, fremdartig, eine strenge Mahnung inmitten der bunten Märchenwelt, ein riesiger Mann in der kalten weißen Uniform der Chevaliergarde, den Adlerhelm in der Linken, die Rechte auf den mächtigen Pallasch gestützt, den Blick geradeaus ins Getümmel gerichtet: Es war der Blick, dem Nikolais Bewunderer majestätische Siegerkraft, seine Gegner aber leblose Herzensstarre nachsagten. Biermann duckte sich unwillkürlich.

Aber da drüben war ja der Kammerherr Rjabtschikow, den er als Leibmohren Peters des Großen kostümiert hatte. Dem schlug er mit dem schwarzen Teufelsschwanz auf den Oberarm: »Munter, munter Kammerherrchen, engagiere mal die hübsche Chinesin da drüben!« Rjabtschikow, der sich für unkenntlich gehalten hatte, starrte den Teufel verdutzt an. Der aber schoß nun in langen Teufelssprüngen durch den Saal, denn an der Längsseite glaubte er die kleine Marja zu erkennen, die als Biene, mit durchsichtigen Flügeln verkleidet, zum Verlieben aussah. »Es ist rein zum Erstaunen«, rief er ihr zu, »daß der alte Kammermohr so eine geflügelte Nachkommenschaft hervorgebracht hat!«

»Ist der Teufel allwissend wie der Kaiser?« gab sie zurück.

»Viel allwissender, ich habe den Kaiser auf den ersten Blick erkannt und schwöre bei allen Höllenfeuern, daß er nicht ahnt, wer hinter der schwarzen Teufelshaut steckt. Und jetzt tanze die Mazurka mit mir!«

»Wirklich, Sie tanzen ja wie der leibhaftige Teufel!« Marja kam atemlos zu ihrem Sessel zurück. Das Gedränge wurde dichter, Biermann wurde abgedrängt und von einem ganzen Schwarm von Colombinen, Pieretten, Dominos, Tirolerinnen und Elfen umringt.

»Teufel, kommst du wirklich direkt aus der Hölle?«

»Geradenwegs, vielleicht schleppe ich dich noch heute hin!«

Jetzt spielte die Musik zur Quadrille, es bildeten sich Karrees, und zwei weißbärtige Kapuziner ergriffen ihn rechts und links am Arm und schleppten ihn triumphierend mit sich. Biermann stand vor einer unkostümierten nicht mehr jungen Dame in weißer Ballrobe: die Kaiserin. Er begriff, daß er mit ihr die Quadrille tanzen sollte und sein Bestes zu leisten hatte. Eine kindlich-teuflische Heiterkeit erfaßte ihn, er hüpfte, sprang, scherzte, gestikulierte. Die Kaiserin lachte so herzlich und hingegeben, daß sie zweimal aus der Tour fiel, und sie lachte noch immer, als ihr zottiger Tänzer sie bereits zu ihrer Estrade geleitet und sich mit einem drolligen Kompliment von ihr verabschiedet hatte.

In späteren Jahren hat Biermann sich häufig gemüht, in seiner Erinnerung den Weg wiederherzustellen, den er an der Seite des Flügeladjutanten durch die Maskenmenge des Nikolai-Saals, durch die Pompejanische Galerie zum Kabinett des Kaisers Nikolai Pawlowitsch zurücklegte. Seine zitternde Hand hatte den Teufelsschwanz nicht mehr halten können, er schleifte hilflos auf dem Boden.

Die Tür hatte sich hinter Biermann geschlossen, selbst der Flügeladjutant hatte ihn verlassen. Er verbeugte sich tief und dauerte in dieser Haltung aus, denn er spürte: Jede Sekunde, die ich auf diese Weise hinbringe, ist gewonnen. Sobald ich mich aufrichte, muß das Grauenvollste geschehen.

Er hörte ein trockenes, vieldeutiges Lachen und richtete sich entsetzt auf.

»Na, Herr Teufel, wer bist du eigentlich? Dein Name?«

Biermann schluckte und keuchte, er wollte sprechen, brachte aber kein Wort heraus.

»Na?« fragte der Kaiser, und in der Art, mit der er dieses »a« lang hinauszog, lag etwas von der urweltlichen Drohung eines herangrollenden Gewitters: »Die Maske herunter!«

Biermann griff sich an den Hals, um die Schließhaken zu lösen, aber seine Finger zitterten so heftig, daß er es nicht zustande brachte.

Halb bewußtlos warf er sich auf die Knie, hart vor die spiegelblanken, bis über die Mitte der Oberschenkel reichenden Kürassierstiefel und schrie seine Todesangst in einem Satz hinaus: »Haben Sie doch Erbarmen mit mir, Euer Majestät!«

Nikolai räusperte sich und fuhr sich mit seiner gewohnten Bewegung glättend über die scharf nach vorne gebürsteten Schläfenhaare. Er war gewohnt, sich für gutmütig zu halten, und seine Stimme klang ruhig und sehr verwundert. Denn das Maß dieses Schreckens schien ihm weit über seinen Anlaß hinauszugehen.

Glaubte der Dummkopf, dieser Garderittmeister oder Legationssekretär denn wirklich, er werde ihm das Genick umdrehen, weil er mit der Kaiserin getanzt hatte? Er hatte seine Sache doch hübsch und ganz witzig gemacht!

»Steh auf und laß mich dein Gesicht sehen«, sagte Nikolai nun. »Nimm dich zusammen, du brauchst nicht zu zittern. Na, ich merke schon, du kommst damit nicht zurecht, du ungeschickter Pinsel. Komm her.« Und wohlgefällig über die eigene Gewandtheit lächelnd, löste er die Haken.

Biermann streifte die Teufelsmaske zurück. Der Kaiser sah ihn forschend an. »Unbekannt«, sagte er kurz. »Dein Name?«

»August Iwanowitsch Biermann, Euer Majestät.«

»Deutscher?«

»Jawohl, Euer Majestät.«

Der Kaiser nickte. Er hatte eine Vorliebe für die Deutschen, die ihm als Inbegriff militärischer Pünktlichkeit und Disziplin galten. »Offizier? Beamter?«

»Nein, nein, ich, Euer Majestät, ich habe eine Schneiderwerkstatt auf dem Wossnessenski-Prospekt.«

Nikolai schlug mit der flachen Hand auf die Platte des Schreibtisches.

»Ein Schneider!« rief er. »Also ungeladen! Bei Gott, das ist stark! Ein Teufelsschneider!« Er lachte. »Nun, Kostüme zu machen verstehst du! Und sie zu tragen! Aber was hat dir denn der Teufel für eine Unverschämtheit in den Kopf geblasen, daß du auf meinem Ball tanzen wolltest?«

Über des Kaisers letzten Worten hatte Biermann Mut geschöpft. Anfangs stockend, dann sicherer werdend, berichtete er von seiner glühenden Verehrung für das kaiserliche Haus, von seiner brennenden Sehnsucht, ein einziges Mal in seinem Leben in der Nähe des erhabensten Monarchen …

»Na, mein Lieber«, fiel der Kaiser in deutscher Sprache

ein, »überglücklich kamst du mir nicht gerade vor, als ich dir Gelegenheit gab, mich aus nächster Nähe zu sehen. Wie war dir denn zumut, als ich meinen Adjutanten zu dir schickte?«

»Majestät, die Seele flog mir in die Fersen«, antwortete Biermann treuherzig mit einer volkstümlichen russischen Wendung.

Nikolai lachte zufrieden, überlegte eine Weile und sagte dann: »Merke dir eins, Herr Teufel. Du hast auffallen wollen, und das soll weder ein Soldat noch ein guter Untertan aus dem Zivilstand. Wärest du bescheiden im Domino gekommen, könntest du noch jetzt ungeschoren mit Gräfinnen und Generalsfrauen tanzen. Aber einerlei, du hast deine Sache wenigstens gut gemacht, ja, du hast sogar Ihre Majestät die Kaiserin erheitert.«

Er schwieg einen Augenblick. »Darum verzeihe ich dir. Aber jetzt zieh wieder die Maske übers Gesicht und mach, daß du nach Hause kommst. Und gib acht, daß du kein Sterbenswörtchen von deinem Besuch im Winterpalais ausplauderst, sonst müßte ich den Teufel doch noch zur Hölle schicken.«

Er streckte Biermann gnädig die Hand hin, der fiel auf die Knie und küßte sie stumm. »Ab! Kehrt marsch, Herr Teufel!« lachte der Kaiser.

Biermann ging, ohne einem Menschen zu begegnen, ins Erdgeschoß durch Korridore, Treppenflure und Gemächer, deren Bild vor seinen Augen verschwamm. Es war ihm selig zumut, als er endlich die Garderobe fand. Gleich darauf trat er durch einen der Nebeneingänge auf den wenig belebten Palaisplatz hinaus.

Im kaiserlichen Kabinett wurde anderntags der Flügeladjutant Barjatinski zum Kaiser gerufen.

»Euer Majestät!«

»Barjatinski, schreibe. Es ist mein Wille, daß bei Vergebung von Aufträgen zur Uniformierung der Kammerlakaien und Vorreiter meines Hofes der Schneidermeister A. J. Biermann, Wossnessenski-Prospekt, vorzugsweise berücksichtigt werde. Punkt.«

Dann setzte er sein riesiges »Nikolai« darunter, und der kaiserliche Namenszug nahm den dreifachen Raum des Textes ein.

Fremde Gerüche

Was für ein sonderbares Geschenk ist den Dünsten, Düften, Gerüchen auf ihren luftigen Weg gegeben worden – nämlich mit der Fähigkeit, verschlossene Kammern der Erinnerung plötzlich aufspringen zu machen.

Es genügt ein aufsteigender Holzaschengeruch, und wir knien wieder unter den Fichten vor dem selbstgemauerten Herd aus Feldsteinen und Ziegelbruchstücken und blasen die Glut an, bis der beizende, bläuliche Rauch hervorquillt und vom herbstlichen Winde schräg davongejagt wird. Wir haben uns die letzten Kartoffeln aus den leer gewordenen Äckern geholt und backen sie in der Asche, und einmal briet ich mir dort ein selbstgeschossenes Eichhörnchen, nachdem unsere Köchin Anna mein Ansinnen, sie möge es mir in der Küche zubereiten, als unanständig, wahnwitzig, gottlos abgelehnt hatte.

Von diesem Rauch war es nicht weit zu anderen Gerüchen, dem der Fischräuchereien am Strand, der glimmenden Wacholderreste, der angesengten Zweigspitzen des Weihnachtsbaumes; nicht weit zum Weihrauch in dunklen, kühlen Kirchen, aber auch zu brennenden Ortschaften und Pulverdampf. Die Erinnerungen sind da wie die Glut unter der Asche; etwas bläst, schon sind sie frei.

Wer weiß denn heute noch, wie es bei Saulnskalns gerochen hat? Saulnskalns, zu deutsch Sonnenberg, war unser Dwornik. Wir brauchten das russische Wort. Ein Dwornik war das, was man anderswo einen Hausbesorger, Hausmeister, Concierge oder Portier nennt. Daneben war das Oberhaupt der Saulnskalnsschen Sippe Nachtwächter am städtischen Gaswerk in Riga. Mit seiner Arbeit war es nicht weit her, denn wer in der Nacht städtische Gaswerke zu bewachen hat, dem wird man seinen ausgedehnten Tagesschlaf nicht mißgönnen mögen. Heute will mir scheinen, Vater Saulnskalns werde ein ehemaliger Unteroffizier gewesen sein, das, was in der russischen Armee ein überfristlich Dienender genannt wurde; dahin wiesen seine immer spiegelblank gewichsten hohen Stiefel, sein gewichster Schnurrbart, seine ganze Haltung.

Mit meinen Brüdern und mir ging er um, wie es wohl ein Unteroffizier mit den Kindern seines Kompaniechefs getan hätte. Er war freundlich und gefällig, immer bereit, ein nachsichtiges Lächeln aufzusetzen, und doch von einiger Zurückhaltung, denn er wollte sich nichts vergeben und nicht in den Geruch der Liebedienerei fallen. Seine Familie war recht ausgedehnt, ja, es schien eine ausgedehnte Völkerschaft zu sein. Die Saulnskalns wohnten im Kellergeschoß der Kalkstraße in weiten, hallenartigen düsteren Räumen. Im Sommer war es kühl und auch winters nicht kalt, denn die Saulnskalns verbrannten ungeheure Holzmengen, über deren Herkunft sie, befragt, gewiß zungenfertige Erkärungen abgegeben hätten.

In diesen Hallen herrschte nun, befremdend und anlokkend zugleich, der Saulnskalnssche Geruch, säuerlich, dumpf, muffig, feucht, ungelüftet und kellerhaft. Es roch weiterhin nach Stiefelschmiere, bei deren Benutzung fortwährend gespuckt werden mußte, bald auf das Schuhwerk, bald auf die Bürste – heute sieht man das nur noch in Bühnenstücken. Es roch nach Katzen, nach Holz, nach Getränken, nach eisernen Gerätschaften, nach sauer gewordenem Kohl und nach mancherlei vielleicht unzweckmäßig gelagerten Vorräten, wie sie im Kellergeklüft aufbewahrt werden, und es roch nach Essen, das mit viel Zwiebeln und viel

Speck bereitet zu sein schien. All diese Gerüche hatten sich nun verbunden, und um es mit einem Wort zu sagen: es roch nach anderer Welt. Es roch beklemmend, aber aus diesem Geruch und aus dieser Beklemmung dampfte aller Zauber der Exotik, aller Zauber der Wunderländer. In solch troglodytisches Dasein hineinzuschmecken war für uns, und für mich noch mehr als für meinen verständigeren, um anderthalb Jahre älteren Bruder Wolf, eine Verlockung, der man gerne nachgab. Und doch fühlte man, daß es nicht geraten war, zu Hause von den Ausflügen in jene andere Welt zu sprechen. Und doch hatten sie sich so natürlich gemacht. Denn unter den Dwornikskindern war ein hasenköpfiger, mir gleichaltriger Junge. Er hieß Robbi. Ich erinnere mich seines Wesens nicht mehr mit eigentlicher Genauigkeit. Mit Genauigkeit nur noch seines Aussehens und der stürmischen, gleichzeitig zärtlichen Zuneigung, die ich für ihn empfand, ohne daß ich wüßte, an welche seiner Eigenschaften diese Zuneigung sich knüpfte. Wir spielten miteinander auf dem Hofe, wobei ich ihm manche Spiele und Kunstfertigkeiten absehen durfte, ich holte ihn in unseren Garten, ja, ich brachte ihn in aller Harmlosigkeit auch in unsere Wohnräume, was meine Eltern nicht geradezu verbieten mochten.

Später, nachdem wir fortgezogen waren, verlor ich ihn aus den Augen und habe ihn nur noch ein einziges Mal wiedergesehen, als ich bereits in mein elftes Jahr ging. Gepackt von der anhänglichen Liebe, die auch Kinder für die alten Zeiten ihres kleinen Daseins empfinden können, besuchte ich ihn eines Tages und hatte es zu erleben und zu verwinden, daß er mir, uneingedenk der vormaligen Freundschaft, mit Kühle, ja, mit Schroffheit begegnete und mich höhnisch »Kartoffelstudent« nannte, was in seiner Mundart

»Kortoffulstudent« ausgesprochen werden mußte. Dies Wort war eine in jenen Kreisen übliche, geringschätzige Benennung für Gymnasiasten und rührte vielleicht daher, daß im alten Rußland die Null die schlechteste Schulnote war und im Jargon der Schüler und Lehrer scherzweise und doch verachtungsvoll Kartoffel genannt wurde.

Wie der Saulnskalnssche Wohnungsgeruch mit keinem anderen zu verwechseln war, so lebte diese Familie überhaupt auf eigene Art.

Daß die Mutter, um Ruhe zu stiften, des Vaters Stiefelknecht unter die streitenden und sich balgenden Kinder warf, unbekümmert darum, wo und wie er traf, empfand ich entzückt als eine Lebensäußerung von volkstümlicher Unmittelbarkeit. Bisweilen durfte eins der Kinder aus der väterlichen Bierflasche trinken, denn Gläser waren nur für den Tee gebräuchlich. Auch ich wurde mit Bier bewirtet, nie aber mit Schnaps, der sonst reichlich floß und auch Robbi gelegentlich erquicken durfte. Sie verzehrten riesige Portionen Neugier erweckender, bei uns nicht üblicher Gerichte. Ab und zu setzten sie mir davon vor; solche Nahrung erschien mir von abenteuerlicher Schmackhaftigkeit, selbst wo sie mir widerstand. Auch hierbei kostete ich den Reiz des Interessant-Unzulässigen, ja, des Verdächtigen und eben darum heimlich Erhöhenden. Ich genoß einen Zustand, in welchem das Ungewöhnliche Selbstverständlichkeit hatte. Schon daß man den Vater, mit einem Mantel zugedeckt, auf der Ofenbank schlafen sah, war ungewöhnlich und verstand sich doch angesichts seines Berufs von selbst. Die Mutter huschte derweil in klageseliger Geschäftigkeit durch das Halbdunkel und stellte mitunter mit gedämpfter Stimme merkwürdig verklausulierte Fragen an mich oder machte Bemerkungen, die ich nicht begriff, von denen ich aber fühlte, daß sie eigentlich nicht mir galten, vielmehr ausgesprochen wurden in der Hoffnung, ich möge sie zu den Ohren meiner Eltern bringen, bei denen irgend etwas erzielt werden sollte.

Untereinander sprachen die Saulnskalns Lettisch, mit uns das sogenannte Knotendeutsch, ein vulgäres, drolliges, an Mißverständnissen, Fehlern und volkstümlichen Salzigkeiten reiches Idiom, das zu Unterhaltung und Belustigung oft imitiert wurde. Es war wenig zu Innigkeiten geschaffen. Dagegen ließ es sich kaum übertreffen, sobald es einmal auf Schimpfworte, Herabsetzungen und Drohungen abgesehen war, und insbesondere wußte es, ehe man handgemein wurde, den Gegner aufs treffendste zu verunglimpfen. Da hieß es etwa: »Du willst reden? Dein Mutter schneidet ja Brot mit Schnur!« – womit zu verstehen gegeben wurde, die Familie des solchermaßen Gescholtenen habe es noch nicht bis zum Besitz eines Küchenmessers gebracht. Auch zu Herausforderungen eignete sich das Knotendeutsch: »Komm heraußer auf Fläche! Aber numerier vorher dein Knochens, daß dein Mutter sie kann in Schnupftuch nach Hause tragen, wenn ich dir möcht anjezeigt haben, was is Weihnachtsbaum und wo Tante Emma macht Kränze! ... Plukkat, du einer! Manschettens möcht ich dir vergolden, daß du wirst Galopp laufen von Ostern bis Johanni. Was willst du? Was kannst du? Ich wär dir sagen, was du kannst. Blinde Hühner kannst du jehn kotzen führen bei Archiereis Höfchen, und sonst nichts!« Archiereis Höfchen war der vor der Stadt gelegene Sommersitz des russischen Bischofs, dessen Titel geradenwegs von Archiereus, dem Erzpriester der Griechen, stammte und der doch von uns verachtet werden mußte. Denn von früher Kindheit an wussten wir, daß Luther einen noch im Ratsarchiv aufbewahrten Brief

»an die Christen zu Riga« geschrieben hatte und daß man bei uns zulande der Kirchenreinigung schon zugefallen war, als das neuerdings so stolz gewordene Berlin noch in jener päpstlichen Finsternis schmachtete, von der sich die der Popen wohl nur wenig unterschied.

Da gab es nun eine Menge forscher Vokabeln zu lernen, die zu Hause offenbar unbekannt, zum mindesten ungeschätzt waren und die dort wiederzugeben ich mich gewarnt fühlte. Dagegen brachte ich es nicht über mich, die neuen Wissensschätze völlig in mich zu verschließen. Ich breitete sie vor unserer Köchin Alter Anna und vor unserem Stubenmädchen Katti aus, die hierbei nicht viel fanden als ein wenig gelassener Erheiterung, und vor allerlei Altersgenossen, bei denen das mir Ansehen gab. Namentlich aber freute es mich, meine Cousinen mit kraftvollen Äußerungen in Verblüffung, ja, in Verlegenheit zu setzen.

Die Erbschaft

Die Kalkstraße in Riga hat früher eine noch geringere Breite gehabt als heute. An ihrer engsten Stelle lagen einander zwei Häuser gegenüber, deren einzelne Stockwerke sich so überkragten, daß die Entfernung zwischen den Dachgeschossen um ein beträchtliches kleiner war als die zwischen den Fundamenten.

Von diesen Häusern stand das eine leer, weil der Eigentümer unlängst verstorben war und die Erben über seine Räume noch nicht verfügt hatten. Das andere gehörte Kaspar von Zweyling, einem Ältesten der St.-Marien-Gilde, welche die Korporation der patrizischen Handelsherren war.

Es war damals nicht üblich, daß die rigischen Kaufleute den Kreis ihrer Handelsoperationen in westlicher Richtung weiter zogen als bis nach Holland und England. Zweyling, ein vollblütiger, rotgesichtiger Mann, pflegte in seiner heftigen Weise diesen Brauch als eine Schwerfälligkeit zu tadeln und ließ gelegentlich seine Absicht merken, sich einen Anteil an dem reichen westindischen Geschäft zu sichern, das aus spanischen, englischen und niederländischen Häfen mit neiderregendem Gewinne betrieben wurde. Seine Gildenbrüder, deren Gedanken am Hergebrachten liefen wie Fördereimer am Seil, rieten ihm ab: Bei den gewaltigen Entfernungen, den schwer überschaubaren und verwickelten Zuständen werde er Schaden erleiden. Zweyling erinnerte daran, daß der Herzog von Kurland Schiffe bauen ließ, Faktoreien und Kolonien anlegte; was der Herzog von Kurland könne, das könne er auch.

Ratsherr Grimme, der Bruder seiner Frau, hatte eine Abneigung gegen des Schwagers Hang zu umständlichen Projekten und Spekulationen. Er nahm ihn auf die Seite: Zweyling möge doch nicht Frau und Tochter allein lassen für eine so lange Zeit, wie sie zu einer derartigen Reise nötig sei, noch dazu um einer ungewissen Sache willen. Ähnliche Vorstellungen machten ihm auch andere aus der Verwandtschaft seiner Frau und aus seiner eigenen. Dieses Abraten bestärkte den querköpfigen und rechthaberischen Mann. Er nahm Abschied von seiner Frau Gerdruhte und seiner fünfjährigen Tochter und begab sich nach Antwerpen.

Nicht sehr lange nach seiner Abreise wurden die Obergeschosse des gegenüberliegenden Hauses vermietet. Der neue Bewohner, Doktor Risius, war ein bejahrter Junggeselle, ein stiller Gelehrter, der in der Stadt keinen Anhang hatte. Es ist schwer zu sagen, ob er die Wohnung um Gerdruhtes willen mietete oder ob diese zarte und späte Leidenschaft ihn erst in solch nachbarlicher Nähe ergriff. Es begann damit, daß er von Fenster zu Fenster mit der kleinen Katharina plauderte und ihr über die Straße weg einen Apfel oder ein Stückchen Konfekt zuwarf, das sie mit Jubel auffing. Die Mutter kam dazu, die Bekanntschaft stellte sich her.

Nun fanden sich allerlei nachbarliche Vorwände oder doch Anlässe: Da war etwa über die Pflicht der Straßenreinigung, des Streuens von Sand und Asche oder der Häuserschmückung für einen Festtag eine Übereinkunft zu treffen. Aus solchen Anlässen empfing Gerdruhte den Doktor, das Kind lief herbei; Risius ließ es auf seinem Knie reiten, holte eine Leckerei aus der Tasche und brachte es mit altmodischen kindlichen Neckversen zum Lachen. Gerdruhte hörte lächelnd zu und betrachtete die engbrüstige Gestalt mit den weißen Händen und dem bläßlichen Gesicht in einer Mischung aus freundlicher Fürsorgegesinnung und unbestimmtem Mitleid.

Eines Tages begriff sie, daß dieser einsame Mensch sie liebte. Sie war noch zu jung, um einen gütigeren und klügeren Ausweg zu finden; darum brach sie plötzlich jeden Umgang mit ihm ab, vermied es, sich am Fenster zu zeigen, und hielt auch ihr Kind von ihm fern.

Es mag sein, daß diese Leidenschaft der letzte Antrieb war, welcher einer schmächtigen und fast schon verzehrten Lebenskraft gegönnt wurde; genug, als den Doktor nicht lange danach eine gleichgültige Krankheit ergriff, hatte er ihr nur geringe Abwehr entgegenzusetzen.

Gerdruhte erfuhr seinen Tod mit einem unruhigen Schuldgefühl, das sich freilich in den folgenden Wochen minderte, ja verlor. Auch waren ihre Gedanken mit den Nachrichten aus Antwerpen beschäftigt; hier hatte Kaspar ein Zweigkontor begründet, schon liefen drei Schiffe unter seinem Namen nach Westindien. Es war alles soweit eingerichtet, daß er bald an die Rückkehr werde denken können. Die Zuversicht seiner Briefe übertrug auch auf die Frau ein wenig von jenem Stolz, mit dem Zweyling auf die schwerfälligen Männer in Riga herabsah.

Ein Ratsdiener kam und brachte ihr ein amtliches Schreiben. Bewegt, bestürzt las sie, daß der Gelehrte zur Erbin seines beträchtlichen Vermögens ihre Tochter Katharina, zur Nutznießerin und Verwalterin auf Lebenszeit sie selber eingesetzt hatte.

Gerdruhte stiegen Tränen auf im Gedanken an das Abwelken dieses vielenttäuschten Lebens, das noch mit seiner letzten Huldigung ihrer und ihres Kindes gedacht hatte. Sie klagte sich der Hartherzigkeit an und wußte doch, daß sie eine Rechtfertigung in der Treuepflicht gegen ihren Mann hatte; dennoch blieb ein Unlösbares zurück.

Ihr Bruder Karsten Grimme war in diesem Jahre Waisenherr, wie der Ratsherr hieß, welcher die Nachlaß- und Vormundschaftssachen zu verwalten hatte. Er kam zu ihr und war von dem Testament bereits unterrichtet. Sie wollte ihm alles erzählen, aber da merkte sie, daß sich das ja nicht mitteilen ließ. Sie hatte ja auch keine im gewöhnlichen Sinne sichere Kenntnis von der Liebe des Verstorbenen, denn er hatte kein Wort darüber gesprochen, nur ihr Gefühl hatte erraten. Darum erklärte sie verwirrt, Risius habe ein großes Wohlgefallen an Katharina gehabt und sich gern mit ihr abgegeben.

Karsten legte ihr den Arm um die Schulter und sagte mit seinem hübschen und zutunlichen Lächeln: »Nun, er wird wohl auch eine stille Liebe zu dir gehabt haben.« Dann fragte er, ob sie das Testament annehmen wolle.

»Ich weiß es nicht«, antwortete sie. »Ich will abwarten, was Kaspar dazu meint.«

»Das wird nicht möglich sein«, sagte Karsten. Und nun setzte er ihr auseinander, es gebe da eine Bestimmung, wonach eine Erbschaft innerhalb einer gewissen Frist nach der Testamentseröffnung angenommen werden müsse, widrigenfalls sie als ausgeschlagen gelte und der Stadt zufalle. Darauf berechneten sie die Laufzeit eines Briefes nach Antwerpen und eines Antwortbriefes nach Riga, und es zeigte sich, daß Gerdruhte ohne ihren Mann zu entscheiden hatte.

In der folgenden Zeit ging sie mit sich zu Rate; auch kam ihr manche Äußerung aus dem Kreise ihrer Verwandtschaft und Freundschaft zu. Alle diese Äußerungen lauteten zustimmend. Ihr selber war der Gedanke, daß eine Erbschaft ausgeschlagen werden könne, eigentlich erst durch des Bruders Frage gekommen, denn ein solches Ausschlagen liegt ja nicht in der Natur der Frauen. Jetzt fiel ihr ein, daß dies Hinterlassen ja aus einer guten Gesinnung geschehen war und daß Katharina es niemals nötig haben sollte, um der Versorgung willen einen älteren Mann zu heiraten. Sie dachte auch an die Unbeständigkeit des kaufmännischen Glückes, von der sie bei Verwandten und Gildenbrüdern manche Probe gesehen hatte; hierbei dachte sie zugleich an ihren Mann, dessen Unternehmungen das geerbte und von ihr zu verwaltende Geld zustatten kommen mußte. Sie wußte es nicht anders, als daß er eben ihr Mann war, dem sie zu Gehorsam und Zuneigung verpflichtet war, und es hatte ihr nie einfallen wollen, er könne oder müsse gar anders sein, als er nun einmal war.

Sie schrieb ihm von der Erbschaft mit aller Freude an dieser Mehrung des gemeinsamen Besitzes. Und sie schrieb ihm in einer ähnlichen Weise, wie sie ihrem Bruder erzählt hatte, von des Verstorbenen Zuneigung für die kleine Katharina. Das andere schriftlich auszudrücken, ohne daß sich ein mißverständliches Vergröbern ergab, schien ihr unmöglich, doch hatte sie vor, nach der Rückkehr des Mannes ihm alles zu erklären.

Der Brief ging ab. Nach einigen Tagen erwies sich, daß er den Mann nicht mehr erreichen konnte. Denn Gerdruhte erhielt ein Schreiben, in welchem Kaspar seine in kurzem bevorstehende Heimreise ankündigte.

Gerdruhte nahm die Erbschaft an, wie es alle, die ihr nahe standen, erwartet, geraten und gewünscht hatten. Ihre Schwägerin, die Ratsherrin Grimme, sagte lächelnd: »Dein Mann kennt dich ja gut genug, da wird er schon nicht denken, daß etwas Unrechtes vorgefallen sein könnte.«

Diese Worte waren von der welterfahrenen und freundlich gesinnten Frau leichthin gesprochen worden. Gerdruhte starrte sie erschrocken an; denn bis an diesen Augenblick war ihr der Gedanke nicht gekommen, das Testament könne einer solchen Deutung Raum lassen. Wenn sie flüchtig an ein Ausschlagen der Erbschaft gedacht hatte, so war es, weil hier etwas Ungewöhnliches geschah und weil man sie erzogen hatte, von fremden oder doch fernstehenden Menschen keine Geschenke anzunehmen.

Sie verließ die Schwägerin in einer sonderbaren Befangenheit; bis dahin hatte sie sich ausgemalt, wie ihr heimkehrender Mann sich an der Überraschung freuen werde.

Zweyling war der Meinung, sich wieder um seine Geschäfte in Riga kümmern zu sollen. Für die neue Unternehmung hatte er seinen Kredit stark anspannen müssen; die Antwerpener Handelsfreunde hatten ihn gewarnt, einer einzigen Karte einen so hohen Einsatz anzuvertrauen und statt mit einem Schiff oder einer bloßen Beteiligung gleich mit dreien zu beginnen – dies waren Töne, wie er sie von Riga her kannte. In Antwerpen blieb ihm fürs erste nichts mehr zu tun; auf der Rückreise nahm er mancher Geschäfte halber noch Aufenthalt in verschiedenen Städten, dann schiffte er sich in Lübeck auf der »Guten Hinsicht« ein. Er war in einer Gemütsverfassung von gereiztem Selbstvertrauen, im voraus bereit, jeder besserwisserischen oder gar hämischen Neugierde, die er in Riga erwartete, mit auftrumpfender Zurechtweisung zu begegnen. Frühmorgens lief die »Gute Hinsicht« in Riga ein. Wie immer strebten zahlreiche Menschen zur Düna; im Hafen und auf dem Wege zu seinem Hause begegnete Zweyling allerlei Bekannten. Man erkundigte sich nach seinem Befinden und seinen Geschäften, er glaubte eine lauernde Unglückserwartung aus allen Höflichkeiten herauszuhören. Man beglückwünschte ihn zu der Erbschaft; er fragte erstaunt, was für eine Erbschaft gemeint sei, erhielt Auskunft und betrat in einem finsteren Vorgefühl seine Wohnung.

Katharina lief ihm entgegen, Gerdruhte folgte. Er umarmte beide, dann schob er das Kind zurück und fragte: »Was ist das für eine Geschichte mit dieser Erbschaft?«

Gerdruhte erzählte, stockend und unter Erröten. Sie brachte es nicht über sich, mehr zu erzählen, als in ihrem Briefe gestanden hatte.

»Sonderbar«, sagte er kalt.

Gegen Mittag ging er zu seinem Schwager. Hier fand er allerlei Leute aus der Verwandtschaft beisammen, in Erwartung der Mahlzeit.

Zweyling verlor wenig Zeit mit verwandtschaftlichen Begrüßungen. »Ich bin gekommen, um dir zu erklären, Karsten, daß ich meine Einwilligung zur Annahme dieser merkwürdigen Erbschaft versage.«

»Das kannst du nicht«, erwiderte Grimme. »Das Testament lautet auf Gerdruhtes und Katharinas Namen, nicht auf den deinen. Gerdruhte hat angenommen, die Sache hat Rechtskraft.«

Zweyling polterte mit Fragen los: Was für ein Grund habe diesen Doktor zu seinem Testament bestimmt, wie habe er sich so etwas herausnehmen dürfen? Warum sei von der Verwandtschaft nicht achtgegeben worden? Wie komme Gerdruhte dazu, diese Erbschaft anzunehmen?

Sein rotes Gesicht lief dunkel an. Endlich schrie er: »Ich habe nicht Lust, mich für meine Frau bezahlen zu lassen!« und warf die Tür hinter sich zu.

Zu Hause befragte er das Kind. Dann sagte er zu Gerdruhte: »Ich weiß von Katharina, daß dieser Mann bei dir gewesen ist.«

Gerdruhte sah ihn entsetzt an aus ihren verweinten Augen. Sie begann zu sprechen, aber da mußte sie plötzlich an Risius denken und sein schmales, geistiges Antlitz mit Kaspars Gesicht vergleichen. Die Vorstellung dieser Züge erschütterte sie so sehr, daß sie abbrach.

Es war das erste Mal, daß sie ihren Mann mit einem anderen Manne verglich. Ja, von nun an liebte sie einen Toten.

»Die Erbschaft ist angenommen, das kann ich nicht rückgängig machen«, sagte Zweyling tags darauf. »Aber es kann mich niemand hindern, eine mildtätige Stiftung in gleicher Höhe auszuwerfen. Dies Haus stammt von deinen Eltern, darum sollst du wohnen bleiben. Ich werde mich bei meiner Mutter einrichten.«

Von da an betrat Zweyling nur das Erdgeschoß, in welchem seine Kontorräume lagen. Er fand, daß alle seine Geschäfte in Riga vernachlässigt worden waren, und häufte Vorwürfe auf seine Angestellten; einige wurden entlassen. In jeder Frage nach seinem Antwerpener Handel witterte er ein schadenfreudiges Recht-behalten-Wollen, überall schienen ihm spöttische Anspielungen verborgen. Mit gierigem Argwohn forschte er nach Doktor Risius; er erfuhr, daß dieser sich viel im Auslande aufgehalten hatte. Acht Monate vor seinem Einzug in die Kalkstraße war er nach Riga zurückgekehrt, davor aber in dem und dem Jahre zuletzt in der Stadt gewesen. Zweyling rechnete nach, es stimmte: Katharina konnte seine Tochter sein. Konnte? Es war gewiß; zu ihren Gunsten hatte Risius testiert.

Die Absicht, den verruchten Geldzuwachs durch eine Stiftung auszugleichen, ließ Zweyling fallen, denn von jetzt an wünschte er seine Ehe gelöst zu sehen. In dieser Zeit suchten ihn viele Leute auf, um zu vermitteln und um seine selbstvergifterischen Einbildungen zu zerstreuen; darunter auch solche, denen er um ihres Ansehens willen nicht die Tür weisen konnte. Sie redeten viel auf ihn ein, manche mit

Schärfe, andere mit Milde, wie es eines jeden Art war. Daß Gerdruhte schön und liebenswert sei, das sei Gottes Schuld, nicht ihre eigene. Daß sie allein im Hause gewohnt habe, sei seine Schuld, weil er allem Abraten zuwider unsicherer Geschäfte halber so weit und auf so lange fortgegangen sei; daß sie erbte, Schuld des Glückes; daß sie die Erbschaft annahm, Schuld ihrer vernünftigen Überlegung und Schuld der Freunde, die ihr dazu rieten; hierin wollten sie selber sich gern schuldig bekennen. Aber auch seine Schuld sei es, weil er nicht verstanden habe, so viel Reichtum zu erwerben und zu bewahren, daß selbst eine Erbschaft dieser Höhe ohne Bedeutung sein müsse. Ja, eine alte Dame, Freundin seiner Mutter, sagte streng: »Du mußt schon sehr am Gelde hängen, Kaspar, wenn du dir nicht vorzustellen vermagst, daß man Geld auch jemandem hinterlassen kann, mit dem man nicht Dinge dieser Art gemein hatte.« Andere verwiesen ihn darauf, daß ja Risius keine nahe Verwandtschaft hier besessen habe, die er zu Erben hätte einsetzen können.

Alle diese Reden waren verständig und unwiderlegbar, und es ist zu begreifen, daß Zweyling von ihnen immer tiefer in seine Verstockung hineingenötigt wurde.

Unter denen, die so zu ihm sprachen, befanden sich auch Männer, deren Amtspflicht es war, über Ehescheidungsklagen zu befinden. Diese ließen ihm keinen Zweifel daran, daß er sehr unklug tun würde, ihre Entscheidung anzurufen in einer Sache, in der er nur Hirngespinste an Beweises Statt vorzubringen vermöge. Der Spruch des Gerichts werde kein anderer sein können, als daß er seine Frau um Verzeihung zu bitten und wieder mit ihr zusammenzuleben habe. Eröffnungen dieser Art ließen Zweyling erbittert die Aussichtslosigkeit der Klage erkennen. Stachel bei Stachel, ohne Lücke, stand die Stadt gegen ihn.

Dies führte ihn auf den Gedanken der Stiftung zurück, und zwar sollte sie unter dem Namen »Stiftung zum Gedächtnis des weiland Dr. Johannes Risius« dem Konvent zum Heiligen Geist oder, wie man in Riga sagt, dem Heiligen Geist zugewandt werden. Hierbei fühlte sich Zweyling in all seinem selbstzerstörerischen Grimm zugleich angetrieben von dem Gedanken, mit solcher Freigebigkeit der ganzen besserwisserischen Stadt darzutun, wie es um seine Kaufmannschaft und die Sicherheit seiner westindischen Unternehmung bestellt sei.

Da die Stiftung genau dem Werte des Vermächtnisses entsprechen sollte, zog sich die Angelegenheit hin; es waren Liegenschaften dabei, deren Wert ausgemittelt werden mußte. Auch jetzt gingen wieder allerlei Personen zwischen den Eheleuten hin und her. Denn es war ein Gesetz, daß, wenn ein Mann mit minderjährigen und noch unversorgten Kindern eine milde Stiftung errichten wollte über eine bestimmte Höhe hinaus, die Schenkungsurkunde auch die Unterschrift der Frau zu tragen hatte, welche indessen ohne triftige und einer besonderen Genehmigung bedürfende Gründe nicht verweigert werden konnte.

Endlich war ein Verständnis hergestellt: an einem bestimmten Tage wollten die Eheleute sich einfinden in der Kanzlei des Advokaten und Notars Stephan von Derenthal, dessen sich die patrizischen Familien vorzugsweise zu ihren Rechtshandlungen bedienten. Hier sollte die Schenkung rechtskräftig gemacht werden, danach aber, so hatte Gerdruhte den Mann wissen lassen, wolle sie samt ihrer Tochter aus dem Hause gehen. Aus der Hinterlassenschaft war ihr eine kleine Besitzung jenseits der Düna zugefallen mit Äckern und einigen Erbleuten, dahin wollte sie übersiedeln. Denn das Haus, darin sie zusammen gewohnt hatten, war ihr verleidet; hier aber würde sie leben im Andenken des Menschen, von dem sie sich geliebt wußte.

Am Morgen des bestimmten Tages erschien ein Fremder im Zweylingschen Hause. Er fragte in den Geschäftsräumen nach dem Herrn und erhielt die Antwort, dieser werde wohl erst gegen Mittag kommen, da er vormittags ein Notariatsgeschäft zu erledigen habe; jetzt möge er sich wohl noch in seiner Wohnung aufhalten.

Der Fremde grüßte und ging. Im Hausflur bedachte er sich, es sei wohl am richtigsten, den Ältesten in seiner Wohnung aufzusuchen; und da ihm dies Haus ja als das des Ältesten von Zweyling bezeichnet worden war und er von der Übersiedlung keine Kenntnis hatte, so stieg er die Treppe zu den Wohnräumen empor und bewegte oben den blanken, löwenköpfigen Türklopfer.

Eine Magd öffnete, er fragte nach dem Hausherrn. Die lettische Magd wußte nur wenige Worte Deutsch, er verstand sie nicht.

Darüber kam Gerdruhte, die mit den Zurüstungen des Umzugs beschäftigt war, in den Vorraum und fragte nach seinen Wünschen.

Es erwies sich, daß er soeben aus Antwerpen eingetroffen war, um in Riga Flachs und Mastenholz zu kaufen. Er war bekannt mit Zweylings Antwerpener Vertreter; dieser war im letzten Augenblick vor Abgang des Schiffes in Eile an Bord gekommen und hatte ihn gebeten, einen Brief nach Riga mitzunehmen. Hier sei er.

Gerdruhte bat ihn ins Empfangszimmer. Der Fremde war von dem Inhalt des Briefes unterrichtet. Wenige Stunden vor seiner Abreise war in Antwerpen die Nachricht eingetroffen, daß Zweylings Schiffe alle drei von den Flibustiern gekapert waren.

Gerdruhte hörte ihn unbewegten Gesichtes an. Darauf sagte sie: »Ich bitte Euch, in zwei Stunden wiederzukommen und meinem Manne dann den Brief zu übergeben. Er hat im Augenblick ein Rechtsgeschäft vor, zu dessen Abschluß er eines unverstörten Gemütes bedarf. Inzwischen, bitte ich, wollt Ihr so gut sein, mit niemandem von dem geschehenen Unglück zu sprechen, auch mit meinem Manne nicht, wenn Ihr ihm zufällig begegnen solltet.«

Der Fremde versprach das, steckte den Brief wieder zu sich und ging.

Zur festgesetzten Stunde fanden sich die Eheleute samt dem Waisenherrn und den übrigen Zeugen in der Kanzlei ein. Derenthal verlas die Stiftungsurkunde, was eine Weile dauerte. Dann reichte er sie dem Ältesten zur Unterschrift. Zweyling ergriff die Feder und tauchte ein. In diesem Augenblick legte sich Gerdruhtes Hand zitternd auf die seine.

»Tu's nicht, Kaspar, ich bitte dich! Tu's nicht!«

Er wandte zornig den Kopf und sah in ihr angstvolles Gesicht, das plötzlich eine flehende Unterwürfigkeit anzeigte.

»Ich bitte dich, Kaspar, verschiebe es um einen Tag! Um ein paar Stunden nur!«

Mit einer schroffen Bewegung schüttelte er ihre Hand ab und unterschrieb.

Nun unterschrieb auch sie, darauf folgten die Zeugen. Derenthal machte seinen Vermerk, es wurde Sand gestreut und gesiegelt.

Als sie die Kanzlei verließen, wandte Gerdruhte sich an ihren Mann:

»Gehe jetzt in dein Kontor«, sagte sie. »Jemand aus deiner Antwerpener Geschäftsfreundschaft hat nach dir gefragt.«

Alle fürchten ihn. Noch nie hat er eine gute Tat getan. Darum kennt auch niemand seinen Namen. Er hat ein Schloß tief im Walde, dort, wo er am dichtesten ist. So dunkel schatten die knorrigen, uralten Eichen und die hohen Tannen, daß Tag und Nacht ein ungeheurer Holzstoß im Hofe brennen muß. Höher als Glockentürme sind die schwarzen, steinernen Mauern, und so viel Türme haben sie wie das Jahr Unglückstage. Und hundert Zimmer sind im Schloß, eins immer prächtiger als das andere, aber noch nie haben ihre Wände ein Lied gehört. Mit Gold und Edelsteinen sind sie geschmückt, doch immer geht ein Seufzen durch sie wie Klagen von gefangenen und unerlösten Seelen.

Andere aber sagen, es sei gar kein Schloß, es sei ein Bauernhaus wie jedes andere, nur stünden statt Blumen Dornen, Disteln und wucherndes Unkraut in seinem Gärtchen.

Und die Popenfrau endlich behauptet, da sei weder ein Schloß noch ein Haus, sondern nur ein riesiger, von hohen Steinmauern umgebener Platz, auf dem Scharen von Tieren herumlaufen, große und kleine, zahme und wilde, und es seien so seltsame darunter, wie man sie nicht einmal auf den Jahrmärkten zu sehen bekommt. Und inmitten des Platzes, sagt die Popenfrau, steht ein steinerner Turm, so hoch, daß er bis an den Mond reicht, und in ihm wohnt er, der Verfluchte, der Hundesohn, der Ungläubige, der Zauberer. Und vom Turm aus späht er übers Land und lauert, wo er etwas Böses tun kann. Denn Böses tun ist seine einzige Lust, darin ist er ein Meister.

Er versteht es, Mißwuchs auf den Feldern zu schaffen, Hagel und Unwetter heraufzubeschwören, Brunnen zu trocknen, Acker steinig zu machen, Grenzsteine zu verrücken und damit Nachbarn für immer zu entzweien, Vieh zu verhexen und Pferde zu stehlen. Vor allem aber stiehlt er den Rechtgläubigen die kleinen Kinder und die rotwangigen, rosenschönen Mädchen und die voll erblühten jungen Frauen, die die schreienden, ungebärdigen Kosakenkinder zur Welt bringen.

Das alles tut er und noch viel mehr.

Dorosch, der Kosak, ritt durch den Wald. Die Sonne funkelte durch die grünen Blätter, die Blumen dufteten, sein Herz tanzte vor Freude, und die ganze Welt schien ihm ein Garten Gottes zu sein. »Tummle dich, Pferdchen!« rief er. »Springe, mein Brauner! Morgen kommt eine Wirtin ins Haus. Nun wird nie Mangel sein an Weizenbrot und Spanferkeln, an hellem, weißem Branntwein und goldgelbem Hafer, an Lachen, Liebe und Fröhlichkeit. Springe, mein liebes Herz, morgen ist Hochzeit.« Und während der Kosak ein lustiges Lied vor sich hin sang, ritt er weiter.

Da stutzte er, denn durch die dunklen Bäume sah er eine alte Frau auf sich zu kommen. Sie humpelte mühsam und gebückt und stöhnte unter der schweren Holzlast auf ihrem Rücken. Alt schien sie, uralt, so alt wie die himmelhohen Eichen, die den Wald am hellsten Sonnentage verfinstern können. Weiße Haare quollen unter ihrem zerrissenen Kopftuch hervor, Lumpen deckten ihre gekrümmte Gestalt, die Nase war lang und spitz und die Augen so rot wie des Kosaken hohe Lederstiefel, an denen die silbernen Sporen klirrten.

Dorosch spuckte aus und bekreuzigte sich. Gott soll mich behüten, dachte er, das ist eine von denen, deren Häuser auf Hühnerbeinen stehen und sich drehen wie die Mühlenflügel, auch am windstillen Tage.

»Schönen guten Morgen, junger Mensch«, sagte die Alte, und ihre Stimme klang wie ein ungeschmiertes Wagenrad. »Du hast gut singen und lustig sein auf Gottes Welt, aber andere Menschen haben es schwer. Viele Stunden gehe ich schon durch den Wald, und meine Beine werden müde. Du könntest mich wohl ein wenig auf deinem Pferdchen reiten lassen. Gott wird dir's vergelten.«

Dorosch hatte ein gutes Herz, und weil es ihm selbst so froh zumute war, so hätte er niemand etwas abschlagen können. Er hielt an und stieg ab. »Sitz nur auf, Mütterchen, wenn du müde bist«, sagte er. »Ich will so lange nebenhergehen.«

Da sprang die Alte mit funkelnden Augen in den Sattel wie ein Eichhörnchen, das von einem Tannenwipfel auf den andern hüpft. »Jetzt brauche deine Beine, mein Söhnchen«, lachte sie gellend. »Sie sind jung und können was aushalten.«

Damit trieb sie das Pferd an, und, hui, sauste es dahin, so geschwind wie der Falke, der auf Beute stößt.

Dorosch lief neben ihr her. Das Herz schlug ihm, daß er meinte, es müßte springen. Das Blut sauste ihm in den Ohren, und er fürchtete zusammenzubrechen. Aber die Alte ließ nicht nach. Mit ihren knochigen, dürren Fingern schlug sie den Braunen auf die runde Hinterhand und schrie mit ihrer kreischenden Stimme: »Laufe, Brauner, springe! Nicht schwerer als ein Federchen ist deine Reiterin!«

Hei, wie sie dahinflogen durch den dichten grünen Wald und über die weite sonnenbeglänzte Steppe! Da blitzte es vor ihnen auf, da hörten sie es rauschen, und vor ihnen lag der ewige Dnjepr, der alte Kosakenfluß.

Am Ufer sprang die Alte behende aus dem Sattel, und

während sich der keuchende Kosak an sein zitterndes, schweißbedecktes Roß lehnte, sagte sie: »Habe Dank, Dorosch. Und weil ich gesehen habe, daß du ein gutes, mitleidiges Herz hast, und weil morgen deine Hochzeit ist, so will ich dir zum Lohne ein Geschenk machen, wie es der ungläubige Sultan nicht besser hat.«

Damit schüttete sie ihre Last in den glänzenden blauen Strom, die Hölzer fügten sich zu einem Floß zusammen, die Alte sprang darauf, ihre weißen Haare flatterten im Winde, ihr Kopftuch wurde zum Segel, und schnell wie ein Wasservogel schoß sie den Fluß hinab.

Dorosch schaute ihr nach, halb unwillig, halb erstaunt, da hörte er ein helles Wiehern hinter sich. Er wandte sich um und sah ein schneeweißes Pferd vor sich stehen, untadelig gebaut, kräftig wie ein Hirsch und zierlich wie ein Vögelchen. Und es kam auf den Kosaken zu und rieb zutraulich den Kopf an seiner Wange. Dorosch betrachtete es mit staunender Freude.

»Gott mit dir, Alte, du hast mir ein königliches Hochzeitsgeschenk gemacht. Solch ein Roß hat keiner im ganzen Dorfe. Komm, mein Pferdchen, mein Seelchen, mein schneeweißes Turteltäubchen, wie ein leibliches Kind will ich dich halten und pflegen. Schön bist du mir und hold und stattlich wie eine Brautjungfer.«

Ja, das war eine Hochzeit, von der noch nach Jahren gesprochen wurde. Da war kein Mangel an Speisen, die Tische bogen sich fast zur Erde. Da floß süßer Wein in Strömen und heller, scharfer Branntwein in Bächen. Da dröhnte die Erde vom Stampfschritt der Tanzenden, da klangen die Geigen und Flöten und Panduren, da tönten die alten Reiterlieder, die die Liebe, den Ruhm, den Kampf, das freie, beutereiche Leben der Kosaken und die unermeßliche Steppe verherrlichten. Ja, das war eine Hochzeit, wie man sie feierte in der alten Zeit, als die Männer noch kühner und die Frauen noch schöner und holdseliger waren als heute. Alle Augen blitzten, der Wein hatte alle Gesichter gerötet. Da waren stattliche Gäste zusammengekommen, stolze Männer, deren Waffenruhm nie ersterben wird, solange der Dnjepr seine prächtigen Fluten zum Meere schickt, und liebliche Mädchen, herrlich geschmückt mit bunten Bändern und goldenen Dukatenstücken. Aber stattlicher als alle war das Brautpaar selbst: Dorosch, der junge Falke, der Starke, und Gandsja, die Schlanke, die Schwarzäugige. Schön wie eine Blume und sanft und holdselig wie eine Turteltaube saß sie neben ihm und schmiegte sich an ihn.

Da donnerte Hufschlag, da hörte man es die Dorfstraße herabgaloppieren, da dröhnten Schläge am Tor. So laut und gewaltig war der Klang, daß man ihn hörte durch alles Reden und Singen, Becherklingen und Musizieren hindurch.

»Was mag das für ein Gast sein?« fragten beklommen die Mädchen.

»Vielleicht ist es ein Bote aus der Sjetsch, der die Kosaken zum Tanze aufruft gegen die ungläubigen Tataren, die Hundesöhne!« riefen die Männer, eilten hinaus und öffneten das Hoftor.

Aber weder ein Hochzeitsgast noch ein Kriegsbote war gekommen, noch irgendein anderer Reiter. Ein Pferd allein stand vor den verwunderten Gästen. Aber, hol's der Teufel, was für ein Pferd! Größer und gewaltiger war es als alle, die die Kosaken zeit ihres Lebens gesehen hatten, und die waren doch weit herumgekommen auf ihren Kriegszügen bis nach Asien und Zargrad, wo der ungläubige Sultan wohnt, wo die Männer hundert Frauen haben und es keine rechtgläubigen Christenkirchen mehr gibt. All diese Gegenden hatten sie gesehen und noch viele andere, aber solch ein Pferd war ihnen nicht zu Gesicht gekommen. Nachtrabenschwarz war es, seine Beine waren wie Säulen von schwarzem Eisen, sein langer Schweif peitschte grimmig die Erde, Blitze schossen aus seinen Augen und Feuerflammen aus seinen Nüstern. Wild schlug es mit den Hufen, daß die Funken stoben, wenn einer sich ihm nähern wollte. Auf Dorosch aber kam es zu, senkte den Kopf vor ihm und wieherte dazu, daß den Frauen und Mädchen ein Schauer über das Herz lief. Dorosch fuhr ihm mit der Hand über die Mähne, er öffnete ihm das Maul und sah, daß es drei Jahre hatte. Und willig ließ der schwarze Hengst sich von ihm anfassen und betrachten, er rieb seinen Kopf an Doroschs Schulter, als wollte er sagen: »Dein bin ich, zu dir ward ich gesendet. Du sollst mein Herr sein, aber jeder andere mag sich hüten, mich anzurühren.«

»Ein stolzes Tier«, sagte der Bräutigam. »Wo mag es herkommen? Wem mag es gehören?«

»Der Teufel soll's wissen«, knurrte Ochrim. »Weit von hier muß es entlaufen sein. In unserem Dorfe und in allen Nachbardörfern gibt es niemand, der so ein Pferd hätte.«

»Behalte du es, Dorosch«, sagte der Älteste. »Zu dir ist es gekommen, einen anderen Herrn hat es nicht.«

»Mein soll es sein!« jubelte der Kosak. »Gestern habe ich ein weißes Pferd bekommen, heute kriege ich das schwarze dazu. Das nenne ich königliche Hochzeitsgeschenke! Heda, Burschen, holt mir Zaum und Sattel! Mein neues Roß will ich besteigen, durch die Steppe fliegen und seine Schnelligkeit erproben.«

Zaumzeug und Sattel wurden gebracht, aber der Rappe schlug so wild aus, daß niemand ihn zu satteln und aufzuzäumen vermochte. Nur von Doroschs Hand ließ er es willig geschehen.

Dorosch wollte aufsitzen, da stürzte Gandsja herbei: »Tu es nicht, mein Geliebter, jage das Teufelspferd fort, ich beschwöre dich, mein Liebster!«

Dorosch sah sie hart an und entgegnete: »Hat dir der süße Wein den Kopf verwirrt, mein Täubchen? Hat man mir darum die zwei schönsten Pferde der Welt zur Hochzeit geschenkt, daß ich sie nicht reiten soll?«

Gandsja war ganz bleich geworden, ihre Augen füllten sich mit Tränen, und ihre Stimme zitterte. »Laß ab von dem Rappen, mein Liebster«, flehte sie. »Der Satan selbst hat ihn geschickt, um dich ins Unglück zu stürzen. Ich spüre es im Herzen, Dorosch, er wird dir und mir Unheil bringen.«

»Schweige jetzt, Gandsja«, antwortete Dorosch. »Mache mich nicht böse. Soll ich ein Spott werden mir selbst und meinen Brüdern? Gott schenkt mir ein Pferd zur Hochzeit, wie es keiner im ganzen Lande hat. Ein schöner Kosak wäre ich, wollte ich mich fürchten, es zu besteigen, wollte ich es wegjagen um törichter Weibertränen willen.«

Und damit schwang er sich in den Sattel, gab dem Roß die Sporen, stieß einen wilden Jubelschrei aus und jagte davon. In wenigen Augenblicken war er dem Gesicht der Anwesenden entschwunden.

Die Gäste kehrten ins Haus zurück, und die Fröhlichkeit nahm ihren Fortgang. Gandsja aber nahm keinen Teil an ihr, still saß sie auf ihrem Platz, und unablässig rannen große Tränen über ihre Wangen.

So verging eine Stunde. Da hörte man wieder Hufschlag donnern, auf dem schäumenden Rappen kam Dorosch angejagt, sprang aus dem Sattel, warf einen erlegten, noch blutenden Hasen zur Erde und rief mit wildem Lachen:

»Brüder, solch ein Pferd habe ich noch nicht geritten! Es ist schneller als die Steppenmöwe, als der gefiederte Pfeil oder die Musketenkugel. Zwei Steinwürfe weit scheuchte ich einen Hasen auf und in einem Augenblick hatte ich ihn eingeholt, mit einem Säbelhieb habe ich ihn getötet.«

Die Männer begrüßten ihn mit lautem Zurufen und hoben die Becher. Wieder klang Musik, Gläserklirren und der Stampfschritt der Tanzenden. Bis zum Morgengrauen brauste die wilde Fröhlichkeit, und auch Gandsja vergaß in den Armen des Geliebten ihren Kummer.

So waren denn Dorosch und Gandsja ein Paar, und die Zeit ging ihnen hin wie ein warmer Maienwind. Lauter Glück und Liebe, Lachen und Fröhlichkeit war im Hause und immer von neuem hatte ein jeder seine Freude am andern. Und Gott schenkte ihnen einen Sohn, und sie nannten ihn Michasko. Das Ebenbild seines Vaters würde er werden, ein echter Kosak, der es verstand, wilde Pferde zu reiten, mit Pistole und Muskete zu treffen, den Säbel zu schwingen, eimerweise den weißen Branntwein und den goldbraunen Met zu trinken, zu den Klängen der Pandura zu singen und den Tropak zu tanzen.

Im Stall standen die beiden Pferde, die Hochzeitsgeschenke, um die Dorosch vom ganzen Dorfe beneidet wurde. Stangen und Eichenplanken trennten sie voneinander, denn der Rappe schlug jeden Gaul zuschanden, der in seine Nähe kam, und auf den Schimmel hatte er es vor allem abgesehen.

Gandsja haßte den Schwarzen. Wie oft hatte sie ihren Mann gebeten, ihn zu verkaufen, zu verschenken, gleichviel wem, oder ihn wegzujagen. Dorosch aber wollte davon nichts hören, und um ihn nicht zu erzürnen, hörte sie endlich mit Bitten auf. Aber der Rappe war ihr Kummer. Sie wußte nicht warum, aber sie fühlte Furcht, sooft sie ihn sah, und eiskalt wurde ihr ums Herz am heißesten Sommertage.

Dorosch liebte seine Frau von Herzen und war glücklich in ihren Armen. Nur zuweilen kam es über ihn wie ein Erinnern an frühere Zeit, da er als freier Kosak über die Steppe gejagt war und mit den Türken und Krimtataren gekämpft hatte, da die Sjetsch sein Haus und der scharfe Säbel seine Liebste gewesen war. Dann schaute er nach den Wolken am Himmel, die der pfeifende Wind auseinander riß und über die Steppe trieb. Dann wurde er unruhig, verdrossen und unfreundlich gegen seine Frau. Dann sattelte er den Rappen und ritt fort zu alten Freunden und Kampfgenossen, mit denen er zechte und rauhe Kriegslieder sang und von gemeinsamen Heerfahrten redete. Oder er sprengte ziellos durch die Steppe, ritt auf die Jagd oder spähte beutelüstern aus, ob ihm ein Händler begegnete, der vom Markt kam. Und wenn er nach Hause zurückkehrte, dann waren seine Wangen gerötet, rauhe Worte fielen von seinen Lippen, und mit einer wilden Handbewegung schleuderte er ein erlegtes Tier, goldene Dukatenstücke oder kostbare bunte Seidenstoffe auf den Tisch.

Aber den Schimmel ritt er an hellen Sonnentagen, wenn es draußen und in seinem Herzen still und warm war. Und wenn er heimkehrte, dann küßte er seine Frau und spielte mit seinem Sohn und brachte ihnen wohlriechende Blumen mit oder bunte Bänder und Heiligenbilder und süße Leckereien. Und Gandsja traten dann die Tränen in die Augen vor lauter Glück, und sie sagte: »O mein Gott, wie schön hast du alles gemacht, meinen lieben Mann, meinen lieben Sohn und die ganze, ganze Welt.«

Im ganzen Dorfe herrscht Leben und Bewegung. Flinten werden geputzt, Säbel werden geschliffen, Sattelzeug wird geflickt, Pferde werden beschlagen. Die Kinder stehen herum, sehen all diesen Vorbereitungen zu und staunen. Sie wissen nicht, was das bedeutet. Aber die Frauen wissen es. Oft genug haben sie es gesehen und jedes Mal hat ihnen das Herz weh getan.

Ein Bote ist aus der Sjetsch gekommen. »He, Kosaken«, hat er gerufen, »wollt ihr den Pflug führen, während die Krimtataren anreiten, um mit dem Schwerte zu pflügen? Schon zerstampfen ihre Pferde die Äcker. Scham oder Schonung kennen sie nicht, die ungläubigen Teufel. Schon brennen Häuser und rechtgläubige Kirchen, schon wimmern geschändete Frauen, schon liegen herrliche Krieger erschlagen. Zeit ist es, von Krug und Tonne zu scheiden, von Acker und Obstgarten, von Stall und Geflügelhof. Zeit ist es, den alten Kosakenruhm zu erneuern und die Säbel im Blute der Unchristen zu baden. Herrliche Pferde haben die Tataren, rotes Gold und weißes Silber und kostbare Waffen. Wer kaufen will, der komme! Mit rotem Wein soll der Handel begossen werden!«

Glaubt ihr, die Kosaken werden zaudern, wenn solche Botschaft aus der Sjetsch kommt? Glaubt ihr, sie werden die Sache der Christenheit verraten und untätig bei Frauen und Kindern bleiben, während die grüne Steppe sich rot färbt vom Blute der Erschlagenen? Alle sind sie bereit, Alte und Junge, alle rüsten sie sich zur Kriegsfahrt.

Es dauert nicht lange, und sie machen sich auf den Weg. Dorosch ist mitten unter ihnen. Den Rappen und den Schimmel nimmt er mit. »Wenn ich wiederkomme«, sagt er, »dann trägt der eine mich, und der andere wird ächzen unter der Last der Beute.«

Er küßt zum Abschied seine Frau und seinen Sohn.

»Ach, mein heller Falke, ach, mein geliebter Herr«, klagt Gandsja, »hat mich meine Mutter dazu geboren, daß ich diesen schwarzen Tag erleben muß? Soll dein unschuldiger Sohn zur Waise werden? Sollen die Tatarenpferde den weißen Leib meines Gatten zerstampfen? Sollen die Vögel der Steppe ihm die schwarzen Augen aushacken? Und dein grausames Herz ist härter als Stein. Du lachst und singst und hast kein Mitleid mit deiner jungen Frau. Ach, mein Geliebter, das Herz bricht mir im Leibe vor Weh.«

Dorosch küßt sie, er streichelt ihre schwarzen Haare und tröstet sie. Aber sein Herz ist nicht mehr bei ihr. Fortgeflogen ist es wie ein Vogel, dahin, wo die Schüsse fallen und die Schwerter klirren, wo die grüne Steppe sich rot färbt vom Blute der Erschlagenen.

In Kummer, Sorge und Gebet fließen Gandsja die Tage dahin. Unter Tränen küßt sie ihr Kind. »Ach, Michasko, mein liebster Sohn, dein Vater war ein herrlicher Mann. Alle hörten auf seinen Rat, alle ehrten und achteten ihn. Ach, mein armes Kind, so früh wirst du zur Waise werden! Im Traume habe ich ihn gesehen, mit brechenden Augen lag er im Grase, Blut lief über sein Gesicht. Kein christliches Begräbnis wird er haben, wilde Tiere werden seinen Leib zerreißen, und die Feinde werden ihren Spott mit ihm treiben. Ach, ich Arme, er wird mich allein zurücklassen auf der weiten Welt.«

Da sah sie eine Staubwolke aufwirbeln, da hörte sie Hufschlag dröhnen, da kam der Rappe angejagt. Und in der Ferne, weit hinter ihm, kam der Schimmel. Mühsam schleppte er sich fort, und sein weißes Fell war von rinnendem Blute rot.

»Schwarzer, wo hast du deinen Herrn?«, schrie Gandsja.

Da tat der Rappe sein Maul auf und sprach mit menschlicher Stimme, und eine wilde Freude lag in dem Ton seiner Worte: »Warte nicht auf ihn, Gandsja, nie mehr kommt er zu dir. Eine andere Liebste hat er gefunden, mit einer andern hat er Hochzeit gehalten. Ein herrliches Fest war es. Zahllos waren die Gäste, laut klang die Musik, roter Wein floß in Strömen, und kostbare Geschenke wurden dem Bräutigam gebracht.«

Gandsja zuckte am ganzen Leibe. »Schwarzer, du lügst, sage mir die Wahrheit!«

Da aber war der todwunde Schimmel herangekommen, und auch er sprach mit menschlicher Stimme: »Wohl hat er eine andere Liebste gefunden und mit ihr Hochzeit gehalten. Wohl waren zahllose Gäste da, wohl klang laute Musik, wohl floß der rote Wein in Strömen, wohl wurden ihm rühmliche Gaben gebracht. Aber die Hochzeitsgäste waren die Krimtataren, die Musik war das Schmettern der Trompeten und das Donnern der Schüsse, der rote Wein war das Blut der Rechtgläubigen. Tiefe Wunden waren die Geschenke, die Braut war das Mütterchen, die feuchte Erde, und das scharfe Schwert hat ihn ihr angetraut.«

Und als der Schimmel diese Worte gesprochen hatte, da brach er zusammen und war tot.

Gandsja sank ohnmächtig zu Boden.

Ach, eine traurige Zeit ist für Gandsja gekommen. Sie erwacht nachts auf ihrem Lager und ist allein. Sie geht in den Garten, sie schaut in den Stall – und ist allein. Sie bereitet das Essen, sie füttert ihr Kind – immer ist sie allein. Keine Stunde vergeht, ohne daß sie an den erschlagenen Dorosch denkt. Immer sieht sie ihn vor sich, immer wieder fallen ihre Tränen auf das Kind in ihren Armen. Den Rappen hat sie verkauft. Jedesmal, wenn sie ihn sah, gab es ihr einen Stich durchs Herz. Von dem Gelde läßt sie Totenmessen lesen für die Seele, die ihr die liebste ist.

Gandsja ist in den Stall gegangen, um die Kuh zu melken. Frische, süße Milch soll Michasko trinken, damit er groß und stark wird wie sein Vater. Da hört sie Wiehern und Schnauben auf dem Hofe, und Schrecken befällt sie. Nur ein Pferd weiß sie, das so wiehern und schnauben kann. Sie stürzt auf den Hof und sieht den Rappen vor dem Fenster stehen. Auf dem Fensterbrett steht Michasko, seine Augen strahlen, und er streichelt das schwarze Fell.

Gandsja schreit auf, sie eilt hinzu, aber da ist das Unheil schon geschehen, das Reiterblut des Vaters regt sich im Kinde, das Blut des Kosaken, der kein stolzes Pferd sehen kann, ohne daß er es zu besteigen wünscht. Jauchzend klettert er vom Fenster auf den Rücken des Rappen, seine Backen glühen vor Eifer, mit den Händchen greift er in die Mähne. Und der Rappe schießt davon, schneller als die Steppenmöwe, als der gefiederte Pfeil oder die bleierne Musketenkugel. In der Ferne verdonnert sein gewaltiger Hufschlag.

Gandsja schreit auf vor Angst und stürzt dem davonstiebenden Pferde nach. Schon ist es nicht mehr zu sehen, aber es ist nicht schwer, seine Spur zu finden. Denn überall, wo die Hufe das Gras berührt haben, da ist es braun und verbrannt. Gandsja folgt den Spuren die Dorfstraße entlang, durch die weite Steppe, durch den dunkelgrünen Wald, und das Herz pocht ihr zum Zerspringen. Überall späht sie umher, ob sie nicht ihr Kind am Wege liegen sieht, im wilden Jagen vom Rücken des Pferdes gefallen, aber sie findet nichts.

Stunde um Stunde eilt sie weiter, die Knie zittern ihr vor

Müdigkeit, in schweren Stößen geht ihr Atem, und das Blut hämmert an ihre Schläfen. Im Walde fängt es schon an dunkel zu werden, mit Mühe nur kann sie die Spur des Rappen erkennen. Dornen zerreißen ihr Kleid und ritzen ihre weiße Haut, spitze Steine verletzen ihre Füße, Zweige peitschen ihr blasses Gesicht, und lange Strähnen ihres schwarzen Haares bleiben an den Sträuchern hängen. Die Sonne ist schon untergegangen, wie drohende Riesen stehen die uralten Eichen da und werfen ihre langen Schatten auf den moosigen Waldboden.

Da sieht Gandsja vor sich eine ungeheure schwarze Mauer mit gewaltigen Türmen. Sie weiß: Das ist die Behausung des Zauberers, des von Gott verfluchten Übeltäters. Sie bleibt stehen, sie bekreuzigt sich, sie ruft Gott und die Heiligen an. Aber dann rafft sie sich auf und eilt weiter, den Pferdespuren nach durch das dunkle Tor, das sich ächzend, wie von unsichtbarer Hand bewegt, hinter ihr schließt.

Dunkel ist es wie in einem Sack. Gandsja tappt umher, sucht in der dichten Finsternis nach ihrem Kinde, schreit: »Michasko! Michasko! Wo bist du? Deine Mutter ist es, die dich ruft.« Aber niemand antwortet.

Und plötzlich, sie weiß selbst nicht wie, ist sie in einem hell erleuchteten, prächtigen Saale, und vor ihr steht ein Mann, stattlich anzuschauen und herrlich gekleidet. Gandsja erzittert, denn sie weiß: Das ist der Zauberer. Gar nicht böse sieht er aus, nur seinen Augen, diesen furchtbaren Augen, sieht man es an, daß er seine Seele dem Satan verkauft hat.

Und er verneigt sich wie ein polnischer Edelmann und spricht: »Guten Tag, allerschönste Frau. Heute ist das Glück in mein Haus gekommen.«

Gandsja sagt: »Gib mir mein Kind heraus, du Seelenverderber, das du mir gestohlen hast!«

»Was für ein Kind?«, fragt der Zauberer. »In meinem ganzen Hause wirst du kein Kind finden.«

»Möge dir die Zunge verdorren, du Lügner!«, schreit Gandsja. »Dein Teufelspferd hat es entführt und hergetragen.«

Der Zauberer versteht sie nicht. Er schüttelt den Kopf. »Ich weiß von keinem Kinde«, sagt er.

Gandsja fällt auf die Knie, sie fängt an, ihn zu bitten, sie fleht, daß es einen Stein erbarmen könnte. »Gib es mir zurück, du hast es und kein anderer! Schone mein Herz, das von Schmerzen zerrissen ist. Auch dich hat ein Weib geboren, auch du hast an den Brüsten einer Mutter gelegen, die dich geliebt hat. Schenke es mir wieder, ich will dir dienen, ich will deine niedrigste Magd sein! Jeden Tag, den Gott gibt, will ich dir danken, zu Gott will ich beten für deine Seele, daß er alle deine Sünden von dir nimmt. Mein Herr und Gebieter sollst du sein, für den ich arbeite, bis mir die Hände bluten, für den ich bete, bis mir die Zunge verstummt. Denke daran, daß auch du sterben mußt und daß dir in jener Welt vergolten wird! Habe Erbarmen mit meinem Schmerz und gib mir mein unschuldiges Kind wieder, den einzigen Trost in meinem Unglück.«

»Höre, Gandsja«, sagte der Zauberer, »ich sehe, daß du mir nicht glaubst. So magst du dich selbst überzeugen. Aber jetzt ist es dunkel, und du bist müde. Morgen früh, wenn die Sonne aufgeht, kannst du dein Kind suchen. Kein Winkel meines Hauses soll dir verschlossen sein. Findest du es, so magst du es mit dir nehmen. Und ich schwöre dir beim nächtlichen Monde und allen Sternen, bei allen Höhen und allen Fernen, bei allen Wäldern, bei allen Feldern, bei den tiefen Meeren und den breiten Strömen: Nichts, was innerhalb meiner Mauern ist, soll über Nacht verborgen oder hinausgeschafft werden.«

Und dann befindet sich Gandsja plötzlich in einem anderen Zimmer. Seine Wände strahlen von Gold und Edelsteinen, ein Marmortisch trägt herrliche Speisen und kostbare Weine, und in der Ecke steht ein Bett mit seidenen Decken. Gandsja ist müde, hungrig und durstig, aber sie denkt weder an Speise und Trank noch an Schlaf. Kein Auge schließt sie in dieser Nacht, mit Weinen und Beten bringt sie die Stunden bis zum Tage hin. Und als es anfängt, hell zu werden, verläßt sie das Zimmer und beginnt zu suchen. Sie eilt durch reichgeschmückte Gemächer und hohe Säle, durch Treppenflure und Gänge, durch Höfe und Gärten. Und die Räume nehmen kein Ende, und wenn sie einen Weg zurückgeht, so ist schon nicht mehr da, was sie noch vor wenigen Augenblicken gesehen hat. Aber von ihrem Kinde findet sie keine Spur. Nicht einer einzigen Menschenseele ist sie begegnet. Nur Tiere hat sie gesehen, ungezählte Tiere, zahme und wilde, einheimische und solche, die aus entfernten Ländern zu stammen scheinen.

Endlich tragen ihre Füße sie nicht mehr. Erschöpft hockt sie auf einer Treppe und weint vor sich hin.

Da tritt der Zauberer zu ihr. Er verneigt sich höflich und sagt: »Nun, Gandsja, glaubst du noch immer, daß ich dein Kind habe?«

»Gib es heraus«, fleht sie. »Nimm mein Leben, aber laß meinen Sohn frei.«

»Ich will dir etwas sagen, Gandsja«, meint der Zauberer. »Du hast selbst gesehen, daß ich dir dein Kind nicht genommen habe. Bleib bei mir, du sollst es gut bei mir haben.«

Gandsja schaudert bei dem Gedanken, an dem verfluchten Orte zu bleiben, bei dem höllischen Hexenmeister. Dann aber denkt sie daran, daß ihr Kind hier sein muß und daß sie es weiter suchen wird, bis sie es findet. Und so willigt sie ein.

Und so blieb denn Gandsja bei dem Zauberer. Irgendeine Arbeit verlangte er nicht von ihr, selten nur bekam sie ihn zu Gesicht. Ruhelos durcheilte sie immer wieder alle Räume und spähte in alle Winkel, in der Hoffnung, doch noch eine Spur von ihrem Kinde zu finden. Aber all ihr Suchen blieb vergeblich.

Eines Tages, als sie die zahllosen Tiere betrachtete, die Höfe und Gärten bevölkerten, die Füchse, Bären, Hunde, Schweine, Katzen, Affen, Mäuse und noch viele andere Gattungen, da fiel ihr Blick auf ein kleines Hündlein, schneeweiß war sein Fell, und es schien ihr, als seien seine Augen traurig auf sie gerichtet. Sie nahm es auf ihren Schoß und streichelte es, und es wedelte mit dem kurzen Schweif und schmiegte sich an sie und bellte, und sein Bellen klang wie die klagende Stimme eines verlassenen und verirrten Kindes. Und während sie es an sich drückte, dachte sie an ihren großen Kummer, und ihre Tränen fielen auf sein weißes Fell. Und das Hündchen wurde ihr von Herzen lieb, sie wußte selbst nicht, warum: Sie nahm es zu sich und bereitete ihm ein weiches Lager und fütterte es mit dem Besten, was sie bekommen konnte, und ließ es nie von sich. Und von Tag zu Tag wurde es ihr lieber.

Eine geraume Zeit war vergangen, da trat eines Tages der Zauberer zu ihr und sagte: »Liebe Gandsja, tu, was ich dir sage, und ich will dir so viel Gold und Schätze geben, daß du die reichste Frau auf der ganzen Welt sein sollst.«

»Deine Schätze will ich nicht«, antwortete Gandsja, »gib mir mein armes Kind wieder, das du mir genommen hast.«

»Es ist nur eine Kleinigkeit, um die ich dich bitte«, fuhr der Zauberer fort. »Du sollst mir ein Tier schlachten.«

»Was für ein Tier soll es sein?«

»Dieser kleine, weiße Hund, der in deinem Schoß liegt.«

»Nie und nimmer«, sagte Gandsja, »werde ich dieses Hündlein töten. Es ist meine einzige Freude. Was hat es dir getan, daß es sterben soll?«

»Töte es, Gandsja«, sagte der Zauberer. »Was kann dir an diesem schlechten Bauernhund liegen? Wenn du Hunde liebst, dann will ich dir so viele schenken, wie dein Herz begehrt, herrliche, kostbare Tiere, wie sie an den Höfen der Könige sind. Aber töte diesen Hund!«

»Lieber will ich sterben«, entgegnete Gandsja, »als daß ich das Blut dieses unschuldigen Tieres vergieße.«

»Überlege es dir noch einmal, Gandsja«, sprach der Zauberer. »Morgen werde ich dich wieder fragen.«

Am nächsten Tage kam er wieder und ebenso an allen folgenden. Aber Gandsja blieb fest und wies ihn jedesmal ab.

Mit dem Zauberer ging eine seltsame Veränderung vor. Im Anfang war er von stattlicher Gestalt gewesen, nun aber schien es Gandsja, als altere er von Tag zu Tag, als krümme sich sein Rücken, als ergrauten seine Haare, als bedecke sich seine Haut mit Runzeln und Falten. Immer abscheulicher und häßlicher wurde sein Gesicht, in dem die stechenden Augen in teuflischer Bosheit funkelten, auch wenn die faltigen, blau gewordenen Lippen freundliche, honigsüße Worte sprachen. Immer von neuem bat er sie, das weiße Hündlein zu schlachten, Gandsja aber beharrte bei ihrer Weigerung.

Aber auch alle toten Dinge schienen zu altern. Langsam

wurde das Gold und Silber an Wänden und Geräten blind, die kostbaren Stoffe wurden brüchig, das Holz schimmlig und faul, die Mauern verwitterten und bedeckten sich mit Moos, und die fremdländischen Gewächse in den Ziergärten schrumpften ein und welkten.

Als der große Feiertag der Auferstehung unseres Herrn herankam, ging Gandsja zu dem Zauberer und bat ihn: »Laß mich gehen. Fern von Gottes Kirche und allen rechtgläubigen Christen lebe ich hier. So will ich wenigstens in der Osternacht den Gottesdienst nicht versäumen; aber schwöre mir, daß dem Hündlein nichts geschieht in meiner Abwesenheit.«

»Geh, Gandsja«, sagte der alte Zauberer, »ich schwöre es dir beim nächtlichen Monde und allen Sternen, bei allen Höhen und allen Fernen, bei allen Wäldern, bei allen Feldern, bei den tiefen Meeren und den breiten Strömen. Aber schwöre auch du mir bei dem Andenken deines Mannes und bei allem, was dir heilig ist, daß du nach der Kirche zu mir zurückkehren und während der ganzen Zeit deiner Abwesenheit mit niemand ein Wort sprechen willst, es sei denn den Ostergruß.«

Gandsja schwur, wie er es verlangte. Und als die Nacht hereinbrach, schloß er ihr selbst das schwere dunkle Mauertor auf.

Wie traut und heimlich ist es in der Kirche zur Osternacht! Wie dampfen und duften die dichten Wolken des Weihrauchs! Wie schimmert das Gold und Silber an der Bilderwand, an den Kirchenfahnen und an den Gewändern des Geistlichen, des Diakons und der Chorsänger! Überall spiegeln sich die Wachslichter, die die Gläubigen entzündet haben, dem gekreuzigten und auferstandenen Erlöser zu

Ehren. Freudig schallen die festlichen Jubelgesänge: »Christus ist auferstanden! Er ist in Wahrheit auferstanden!« Kopf an Kopf steht und kniet das rechtgläubige Volk in der Kirche. Einige haben Gandsja erkannt und wollen sie begrüßen. Aber sie denkt an ihren Schwur und betet mit niedergeschlagenen Augen. Und wenn im Gesang die Worte ertönen: »Herr erbarme dich!«, dann flüstert sie unter Tränen: »Ja, Herr, der du gestorben bist um unserer Sünden willen und wieder auferstanden in dieser Nacht, erbarme dich meines unschuldigen Kindes.«

Ehe noch das Volk hinausströmt, verläßt Gandsja die Kirche. Immer noch leise vor sich hin betend, geht sie über den schmelzenden Schnee durch die mondhelle, feuchte, winderfüllte Nacht. Da hört sie neben sich den Ostergruß: »Christus ist auferstanden!« Sie wendet sich und sieht eine alte Frau, auf einen Stock gestützt, einen schweren Tragkorb auf dem Rücken. Schneeweiß sind ihre Haare, ihre Nase ist lang und spitz und ihre Augen sind rot wie Kosakenstiefel. Sie sieht aus wie eine Hexe.

»Aber wie kann die eine Hexe sein, die den Namen des Heilandes in den Mund nimmt?« denkt Gandsja. »Er ist in Wahrheit auferstanden«, antwortet sie und tauscht freundlich mit ihr die drei Osterküsse.

Da sagt die Alte: »Liebe, du siehst, ich bin alt und schwach, du aber hast noch junge Glieder. Trage mir ein wenig meinen Korb, Gott wird dir's lohnen.« Gandsja nickt und nimmt schweigend die Last auf den Rücken. Der Korb ist nicht leicht, es ist Brot darinnen und Osterkuchen und Schinken, Quark und Eier, lauter gute Dinge, die die Alte vom Priester hat weihen lassen in der Osternacht. Sie fragt Gandsja nach dem Wohin und Woher; die aber antwortet nicht und schüttelt nur mit dem Kopf. Da hört die Alte auf zu fragen, und beide gehen schweigend nebeneinanderher. Schon sieht Gandsja die schauerlichen schwarzen Mauern von ferne durch die Bäume.

Da bleibt die Alte stehen. »Gandsja, ich kenne dich wohl, wie ich auch deinen Dorosch gekannt habe. Ich war es, die ihm das weiße Pferd schenkte, und alles hätte gut werden können, wenn er es vermocht hätte, sich von dem schwarzen freizumachen. So schwankte er zwischen den beiden hin und her, bis ihn der Teufelsrappen arglistig in den Tod getragen. Gott gebe ihm das himmlische Reich! Du aber, mein Täubchen, hüte dich, dem Zauberer zu Willen zu sein, der deine Seele verderben will! Nimm dieses Fläschchen mit heiligem Jordanwasser, und ehe du dich zur Ruhe legst, netze deine Augen und Ohren damit.«

Sie gibt Gandsja ein Fläschchen, der Tragkorb gleitet von deren Schultern und ist mitsamt der Alten verschwunden.

Am folgenden Tage läßt der Verfluchte Gandsja keine Ruhe mehr. Keine Stunde vergeht, ohne daß er zu ihr kommt.

»Töte den Hund, Gandsja. Ich will dich zur mächtigsten Frau der Welt machen. Kaiserin sollst du werden, und der ganze Erdkreis soll dir untertan sein.«

Gandsja heißt ihn schweigen.

»Einen Mann will ich dir schaffen, der in allen Stücken sein soll wie Dorosch. Dorosch selbst will ich dir wieder lebendig machen. Ich vermag alles – nur töte den Hund!«

»Du lügst, Verfluchter«, schreit Gandsja. »Du selbst hast ihn zum Tode gebracht mit höllischen Künsten. Nie hätte ein Tatar ihn überwunden.«

»Höre mich, Gandsja«, beginnt der Zauberer von neuem. »Alle Qualen der Hölle werde ich über dich bringen, wenn du nicht meinen Willen tust. Glühende Kohlen werden dir die Augen ausbrennen, spitze Nägel sich in deine Glieder bohren. Töte den Hund!«

»Das alles wird deine Strafe in der Hölle sein, du Satan!« antwortet ihm Gandsja.

Jeden Abend tut Gandsja, wie ihr die Alte gesagt hat. Doch sie schläft ruhig und bemerkt nichts Außergewöhnliches. Aber in der ersten Nacht nach den Feiertagen, in der die unreinen Geister, die in der heiligen Zeit kraftlos sind, ihre Macht wiedergewinnen, werden plötzlich ihre Augen und Ohren aufgetan. Und sie sieht den Zauberer in seinem Zimmer stehen inmitten seiner verfallenden Pracht, und er selbst sieht verfallen, grau und blaß aus. Über dem Feuer brodelt es in einem blind gewordenen kupfernen Kessel, bläulich und gespenstisch weiß züngeln die Flammen. Der Zauberer steht davor. Er wirft fremdartige Kräuter in den Kessel, seine Lippen murmeln schaurige Beschwörungen, und ein unheilvoller Nebel erfüllt das Gemach.

Da donnern Hufschläge auf der Treppe, da öffnet sich die Tür, und herein springt das schwarze Pferd. Feuer strömt aus seinen Nüstern, und das Lodern seiner Augen frißt sich durch den Nebel.

»Was willst du von mir?« fährt es ihn drohend an. »Hast du deine Pflicht getan?«

Der Zauberer stöhnt und zittert am ganzen Leibe. »Habe Mitleid mit mir«, fleht er, »bitte den obersten der Teufel, er möge sich meiner erbarmen und mir Frist geben.«

Gandsja schlägt das Herz vor Angst, und unaufhörlich macht sie das Zeichen des lebenspendenden Kreuzes. Und dann scheint es ihr plötzlich, als sei das gar kein Pferd, sondern eine schwarze, fürchterliche, menschenähnliche Gestalt, die im dichten Nebel dem Zauberer gegenübersteht.

»Bettle nicht um Mitleid«, sagt das schwarze Ungeheuer

höhnisch, »es ist umsonst. Mein Herr hat stets getan, was er dir schuldig war, nun tu auch du nach deinen Verpflichtungen. Willst du das nicht, so jammere nicht, wenn mein Herr sein Recht nimmt.«

Der Zauberer sinkt in die Knie. Große Schweißtropfen stehen auf seiner Stirn. »Nur dieses eine Mal habt noch ein wenig Geduld mit mir«, wimmert er. »Gebt mir nur noch ein Jahr Zeit, einige Wochen, ach, nur einen einzigen Tag!«

»Hast du nicht Zeit genug gehabt, du Hundesohn? Auf, bade dich im Blute eines Kindes, besprenge deine Mauern damit, und wieder bist du für hundert Jahre mächtig und groß, gefeit gegen die Macht der Zeit und des Todes, und hast alles, was dein Herz begehrt. Und ist denn das viel, daß du uns alle hundert Jahre die Seele einer Frau senden sollst, die in deinem Schlosse ihr eigenes leibliches Kind geschlachtet hat?«

Gandsja wird es schwarz vor den Augen. Sie preßt das Hündlein an ihre Brust, und dann vergehen ihr die Sinne vor Entsetzen.

Gandsja fährt jäh aus dem Schlafe auf, das ganze Zimmer ist von einem fahlen Lichte erfüllt. Vor ihr steht der Zauberer, finstere Entschlossenheit im Gesicht. In der Hand hält er einen blanken Dolch. »Willst du den Hund töten?« sagt er drohend. »Zum letzten Male frage ich dich.«

»Gott soll mich nicht kennen in meiner letzten Stunde«, antwortet sie mit bebenden Lippen, »wenn ich meine Hand mit seinem Blute beflecke.«

Da beginnt der Zauberer grauenhafte Beschwörungen auszustoßen. Und alsbald erhebt sich ein Rauschen und Fauchen und Kreischen, unzählige fledermausartige Flügel schwirren durch die Stube, und Gandsja fühlt, daß die höllischen Geister sie umtoben. Unförmige, fratzenhafte Gestalten mit zahllosen Rüsseln und Armen, mit Krallen, Hörnern und Hauern kreisen um sie her, und ihr feuriger Atem droht ihr Haare und Haut zu versengen. Gandsja drückt mit der einen Hand das wimmernde Hündchen an sich, mit der anderen bekreuzigt sie sich. In tausend Tonarten heult und pfeift es um sie her, und aus all den grauenhaften Tönen ringt sich immer wieder der eine Satz los: »Töte den Hund! Töte den Hund!« Aber wie sehr sie auch betet und sich bekreuzigt: Sie spürt mit Entsetzen, wie das Furchtbare langsam Macht über sie gewinnt und sie erliegen wird.

Da packt der Zauberer ihren rechten Arm, mit Gewalt drückt er ihr den Dolch in die Hand und preßt ihre weißen Finger um den schwarzen Griff zusammen. Er reißt den so bewehrten Arm empor und will ihn zum tödlichen Stoße lenken, aber mit ihrer letzten Kraft entwindet Gandsja sich ihm und stößt die Klinge in ihr eigenes Herz.

Und wie das rote Blut das schneeweiße Fell des zitternden Hündchens in ihrem Arme färbt, da ist es kein Hündchen mehr, da ist es ihr eigener geliebter Sohn, der der sterbenden Mutter im Schoße liegt.

»Michasko!« ruft sie selig, ein letztes Mal drückt sie ihn an ihr Herz, und ihre Augen leuchten, ehe sie brechen und ihre Seele den letzten Flug antritt.

Da heult der Zauberer auf. Mit einem wilden Schrei stürzt er sich auf die beiden, in teuflischer Wut will er das Kind in Stücke reißen – da erschallt in der Ferne der erste Hahnenschrei, der der letzten Nacht seiner Herrschaft ein Ende macht.

Ein Windstoß erschüttert das verfallene Haus, ein Donnerschlag dröhnt, die Mauern wanken, Flammen zucken auf, und dann ist alles versunken, der Zauberer, die höllischen Geister, das Schloß, Türme und Gärten.

Und auf einer Lichtung mitten im Walde zwischen rauchgeschwärzten Trümmern liegt Michasko im Schoße der toten Mutter.

Menschen eilen von allen Seiten herbei, weinend und lachend, Männer, Frauen und Kinder, Alte und Junge, Arme und Reiche. Und das sind die Gefangenen des Zauberers, die er in Tiere verwandelt hatte.

Als sie die Tote sehen, verstummt ihr lauter Jubel. Aus Zweigen machen sie eine Bahre, eine Frau nimmt den weinenden Michasko, und schweigend tragen sie Mutter und Kind ins Dorf.

Die Stelle, wo des Zauberers Schloß gestanden, blieb allen ein gemiedener Ort. Allmählich aber umspann Moos die Steintrümmer, und der grüne Wald breitete sich über die Lichtung aus und deckte sie zu. Und heute vermag niemand mehr sie wiederzufinden.

Michasko wuchs im Dorfe auf und wurde ein Kosak, stark und tapfer wie sein Vater. Aber niemand hat ihn je lachen sehen.

Der Schmuck

Bergenflucht hatte mit seiner jungen Frau sehr einträchtig gelebt, aber nur eine kurze Zeit. Denn nachdem sie ihm eine Tochter geboren hatte, konnte sie nicht mehr recht zu Kräften kommen, und als Brita ein Vierteljahr alt war, mußte die Mutter sterben. Bergenflucht ließ anspannen und den Propst von Risinge holen. Er kam noch rechtzeitig, um der Frau das Abendmahl zu reichen. Die Frau verlangte nach ihrem Kind. Die alte Kerstin brachte es ans Bett, wischte sich die Augen mit dem steifen Schürzenzipfel und sagte, wegen dem könnte die gnädige Frau in aller Ruhe sterben, dafür wäre sie da. Die Frau nickte der Kerstin zu und küßte das Kind, und die Kerstin küßte ihr die Hand. Dann wurde sie mit der kleinen Brita wieder hinausgeschickt, und nun waren die Eheleute mit dem Propst allein.

Die Frau sprach sehr herzlich zu dem Mann, der ihre Hand festhielt. Sie hätten so gut miteinander gelebt, und nun müßte sie sterben. Der Mann weinte, und der Propst sagte, das sei Gottes Wille. Die Frau sagte, Bergenflucht würde sich gewiß wieder verheiraten. Er antwortete, nein, das wolle er nicht tun. Die Frau erwiderte, das müsse schon sein, Brita brauche eine Mutter, denn die Kerstin könne doch nur für die erste Kleinkinderzeit ausreichen, jeder Besitz brauche eine Herrin, und Bergenflucht werde wohl auch eine Frau brauchen. Zudem wisse sie ja, welche gierige Sehnsucht er nach Söhnen habe, die seinen Namen fortsetzen könnten. Sie habe da aber eine Bitte, nämlich er solle der neuen Frau, der sie alles Glück wünsche, doch nichts von ihrem Schmuck geben, weil der ungeteilt auf Brita kommen solle.

Von diesem Schmuck, um den sie von manchen Frauen beneidet worden war, hatte sie vieles schon aus ihrem Elternhause mitgebracht; anderes hatte sie sich während ihrer Ehe mit Bergenfluchts Erlaubnis anfertigen lassen oder gekauft, und wieder anderes hatte sie von ihrem Manne zum Geschenk erhalten. Alles zusammen hatte einen solchen Wert, daß es zu dem Wert von Bergenfluchts sonstiger Habe kein passendes Verhältnis mehr bildete, und manche Leute meinten, daß Bergenflucht ihrer großen Liebe zu kostbarem Geschmeide nicht so weit hätte nachgeben dürfen.

Bergenflucht versprach, ihr diesen Wunsch zu erfüllen, die Frau lächelte dankbar, und dann fing der Propst wieder an, von Gottes Vaterhand zu sprechen.

Bergenflucht betrauerte seine Frau mit großer Aufrichtigkeit. Danach merkte er aber doch, daß Brita eine Mutter, sein Besitz eine Herrin und er selbst eine Frau nötig hatte, und er war ja auch nicht älter als sechsundzwanzig Jahre.

Kurz, als die passende Zeit vergangen war, da verlobte er sich mit einem achtzehnjährigen Mädchen, nämlich der Freiherrin Lovisa Oerneklou, und einige Tage vor der Hochzeit fuhren sie zusammen zur Kirche von Risinge, wo die erste Frau begraben lag, legten einen großen Kranz auf die Steinplatte und sprachen vieles Freundliche von der Toten.

Nun hatte es damals gerade eine große Viehkrankheit gegeben, und dazu war die Ernte nicht glücklich ausgefallen, und darum waren Bergenfluchts Umstände nicht sehr günstig. Es kränkte ihn, daß er seiner Braut nicht solche Hochzeitsgeschenke machen konnte, wie er es gern getan hätte, besonders weil sie aus einem vermögenden Hause stammte und von ihren Verwandten wohl sehr reich beschenkt werden würde. Nun hätte er ja zur Stadt fahren und sich bei Kaufleuten und Juwelieren kostbare Dinge aussuchen können, und keiner hätte ihn wegen der Zahlung gedrängt, da man ja wußte, daß die Freiherrin Oerneklou ihm eine große Mitgift zubrachte; aber es schien ihm doch nicht angängig, die Geschenke für seine Braut mit deren eigenem Kredit zu bezahlen. So überlegte er sehr lange und ging endlich eines Abends an die große Truhe, in welcher der Schmuck seiner verstorbenen Frau für die kleine Brita aufgehoben wurde.

Er öffnete sie mit dem Schlüssel, den er an einer Halskette bei sich trug, und nahm Stück für Stück in die Hand. Er hatte nicht eine solche Leidenschaft für edle Steine, wie die Tote sie gehabt hatte; immerhin hatte er von ihr gelernt, sich an kostbaren Stücken zu freuen und sie auch zu beurteilen, was bekanntlich nicht leicht ist, da ja verschiedenwertige Steine oft in völlig gleicher Färbung vorkommen und in geschliffenem Zustande selbst von Kennern nur nach Gewichts-, Spaltbarkeits- und Härteproben unterschieden werden können. Das kostbarste Stück, eine Hutagraffe mit einem goldgelben Diamanten, welcher mit einigen kleineren hellblau gefärbten in eine Toison zusammengefaßt war, legte er gleich wieder zurück, und so tat er auch mit einigen anderen Schmuckgegenständen, ja endlich sperrte er mit einem raschen Entschluß die Truhe wieder zu und entfernte sich.

Gegen Morgen aber kehrte er wieder und hatte ein gesiegeltes Papier in der Hand. Dies war wie eine Schuldverschreibung in aller Form abgefaßt und es stand darin, er habe der Truhe die und die Stücke entnommen; er verpflichte sich, sie sachgemäß abschätzen zu lassen und nach der nächsten Ernte vier Schmuckgegenstände genau gleichen Wertes an ihre Stelle zu tun. Dieses Anerkenntnis legte er in die Truhe und entnahm ihr ein paar Ohrgehänge, ein Armband und eine Kette mit einem Anhänger: Dinge von Perlen, syrischen Granaten und in Treppenschnitt geschliffenen Saphiren von jener seltenen dunkelblau-grünen Färbung, welche im auffallenden Licht fast schwarz erscheint.

Diese Stücke schenkte er seiner Braut am Vortage der Hochzeit, und sie trug sie bei der Trauung. In ihrer ersten ehelichen Nacht lagen sie auf dem kleinen Tischchen am Kopfende des Bettes, und neben ihnen standen die beiden großen Silberleuchter, in welchen Kerzen von wohlriechendem Wachs brannten.

In der Nacht erwachte die junge Frau wie von einer Berührung. Sie hob ein wenig den Kopf und betrachtete verschlafen den ruhig neben ihr atmenden Mann und lächelte darüber, daß sein Gesicht einen so unschuldigen Ausdruck hatte wie eines schlafenden Kindes. Da wollte sie sich über ihn beugen, um ihn leise zu küssen. Aber indem kam es ihr schon ins Bewußtsein, daß er ja schlief und sie daher nicht geweckt haben konnte, und zugleich spürte sie erschrocken, daß diese Berührung von der anderen Seite gekommen war, von welcher her auch jetzt noch etwas auf sie einwirkte. Nun erst wurde sie gänzlich wach, sie wandte befremdet den Kopf, und da sah sie hinter dem Tischchen ihres Mannes erste Frau stehen, welcher sie zu deren Lebzeiten manchmal begegnet war. Die Frau sah sie an, zwischen den Leuchtern hindurch und hob sehr ernst, ja zornig einen Finger, sei es in Warnung, sei es in Drohung. Lovisa schloß im ersten Entsetzen die Lider, und als sie gleich darauf ihre Augen wieder öffnete, da war nichts mehr zu erblicken, und auch die Flammen der beiden Kerzen brannten so gleichmäßig wie zuvor, während sich die junge Frau nun plötzlich erinnerte, daß sie im Augenblick jener Fingergebärde unruhig geflackert hatten.

Obwohl jetzt nichts weiter geschah, wurde es doch der jungen Frau recht ängstlich, und sie hätte wohl am liebsten ihren Mann aufgeweckt und sich von ihm in die Arme nehmen und beschwichtigen lassen. Aber da fiel es ihr ein, daß sie damit vielleicht eine große Torheit begehen und den Mann an ihr irremachen könnte; denn sie wußte ja, daß Bergenflucht auf die Verstorbene große Stücke gehalten hatte, und bei allem Nachdenken konnte sie zu keinem anderen Schlusse kommen, als daß jene über Sterben und Begräbnis eine Eifersucht bewahrt habe und sie als Nebenbuhlerin verfolge. Daß sie vielleicht zu mütterlicher Fürsorge für die kleine Brita hatte gemahnt werden sollen, diesen Gedanken hatte Lovisa auch gehabt, aber wieder verworfen, denn in solchem Falle hätte die Frau nicht so grimmig ausgesehen, und Lovisa war ihrer Stieftochter ja auch wirklich mit Aufrichtigkeit zugetan und hatte also hierin ein klares Gewissen, das keiner so harten Anmahnung bedurft hätte.

Alle diese ängstlichen Gedanken beschäftigten die junge Frau den ganzen folgenden Tag über, so daß auch der Mann es gewahr werden mußte. Er fragte sie, aber sie wich ihm aus, und nun dachte er, sie habe wohl Sehnsucht nach ihrem Elternhause oder er habe sie unwissentlich verletzt – aber warum wollte sie das nicht sagen? –, und so lag denn eine Verschattung auf der beiden erstem Ehetage.

In der folgenden Nacht erwachte Bergenflucht und sah mit großem Schrecken seine tote Frau am Nachttischchen stehen, auf welchem wieder in den Silberleuchtern die beiden Wachskerzen brannten und die Schmuckstücke lagen, denn Lovisa hatte sie nach Bergenfluchts Wunsch auch an diesem ersten Tage ihres Ehestandes an sich gehabt.

Bergenflucht richtete sich im Bette auf und schüttelte seinen Kopf, weil er meinte, er träume, aber er spürte mehr noch am wilden Schlag seines Herzens als an der Wahrnehmung seiner Augen, daß er kein Traumbild vor sich hatte. Und nun vernahm er auch ihre Stimme, die er ein Jahr lang nicht mehr gehört hatte. Sie sagte: »Gott hat mich geschickt. Nimm ihr den Schmuck weg und gib ihn wieder in die Truhe, sonst wird einer von euch beiden in sieben Tagen sterben, wie ich jetzt dieses Licht auslösche.«

Damit löschte sie die eine Kerze und zerging hinter dem schwelenden Rauchstreifen.

Bergenflucht schlief nicht mehr ein und wagte es auch nicht, die gelöschte Kerze wieder anzuzünden. So lag er bis zum Hellwerden, und nun löschte er auch die andere. Er betrachtete seine schlafende Frau, die wie ein Kätzchen zusammengerollt dalag, die Backen rosig gefärbt vom Schlafe und ein winziges Lächeln um die beiden Bögen der Lippen, als wisse sie nichts mehr von den Kümmernissen des vergangenen Tages und versehe sich vom kommenden keiner neuen.

Bergenflucht wollte sich zu der Meinung bereden, er habe geträumt und das Auslöschen der Kerze könne ein Fehler im Wachs oder ein unwillkürlicher Atemzug verursacht haben. Aber das gelang ihm nicht, und so lag er in großer Verstörung da, bis Lovisa erwachte und die beiden aufstanden.

An diesem Tage legte Lovisa den Schmuck nicht an, weil sie meinte, daß er nicht für den Werktag passe, und ihr Mann sie auch nicht darum bat; darum verwahrte sie ihn bei ihren übrigen Kleinodien in einer Schatulle, die sie von ihrer Mutter hatte. Beim Erwachen war es ihr leicht und froh zumute gewesen, aber dann fiel ihr der Spuk ein, und obwohl sie jetzt nicht mehr gänzlich an seine Wirklichkeit glauben mochte, so kamen ihr doch alle bedrückenden Gedanken zurück, als sie an ihrem Manne einen verborgenen Gram bemerkte, den sie unwillkürlich mit der Gestorbenen und sich selber in Verbindung setzte. Sie fragte Bergenflucht, was ihm fehle; er sah zur Seite und antwortete: »Ach, nichts«, wie sie es ihm am Vortage auf die gleiche Frage geantwortet hatte.

Es schien ihm unmöglich, ihr von seinem Erlebnis zu erzählen und den Schmuck zurückzuerbitten. Denn wie könnte er Glauben erwarten? Sie waren einander ja auch noch fremd, weil es damals nicht üblich war, daß Brautleute vor der Hochzeit sehr viel Umgang miteinander hatten, und selbst die ihn gehabt haben, kennen einander nicht vor dem Hochzeitstage. Vielmehr müßte die Frau meinen, sein Geschenk reue ihn und er wolle es aus Geiz rückgängig machen, ja er habe es ihr vielleicht nur gegeben, um von ihren Verwandten bewundert zu werden, und dabei schon den Gedanken gehabt, es hernach unter einem Vorwande zurückzufordern. Dann erinnerte er sich auch daran, wie groß ihre Freude an den geschenkten Stücken gewesen war, und redete sich nun wieder vor, es sei alles wo nicht ein Traum, so doch eine aus ihm selbst stammende Fiebereinbildung gewesen; und wenn er sich zu diesem Glauben gebracht zu haben meinte, dann erschrak er von neuem über die ausgesprochene Todesdrohung und stellte sich vor, er könne an Lovisas Sterben die Schuld tragen.

So ging ein Tag nach dem anderen hin, die Frau weinte im stillen viel, aber sie sprachen wenig miteinander, und er verbarg seinen Jammer hinter einem strengen Gesicht. Sie dachte, er vergleicht mich mit der Verstorbenen, und sie werden sich beide zusammentun, um mich unglücklich zu machen. Aber wenn sie ihn fragte: »Habe ich dich gekränkt?«, dann sagte er nur: »Nein, nein«, und machte sich von ihr los.

Nachts lag Bergenflucht oft wach und dachte, wenn mir die Frau wirklich erschienen ist und wirklich zu solchen Dingen Macht hat, dann wird sie mir noch ein zweites Zeichen geben, denn sie muß ja gewahr werden, daß ich mir keine Auskunft weiß. Auch Lovisa lag manchmal wach, aber gegeneinander stellten sich beide schlafend.

Als sechs Nächte herum waren und es auf den Morgen ging, war Bergenflucht noch nicht eingeschlafen, aber Lovisa schlief. Die zwei Kerzen brannten, und plötzlich gewahrte Bergenflucht, daß die tote Frau wieder hinter ihnen stand; es war ihm, als müsse sie dort schon lange gestanden haben.

Sie sagte: »Vierundzwanzig Stunden lasse ich dir Zeit. Nimm ihr den Schmuck weg, und gib ihn wieder in die Truhe, sonst müßt ihr beide sterben, wie ich diese zwei Lichter auslösche.« Sie löschte die beiden Kerzen und verschwand.

Bergenflucht blieb liegen, bis es Tag wurde. Dann begann er sich anzukleiden. Lovisa erwachte und fragte, warum er so früh aufstehe.

»Ich muß fort«, sagte er. »Ich habe da so eine Wiese, da sind Entwässerungen zu machen.«

Sie fragte, wann er wiederkäme.

»Ich weiß es nicht«, antwortete er.

»Dann will ich auch weg«, sagte sie. »Ich möchte meine Schwester in Gamlakyrka besuchen und ihr erzählen, wie glücklich ich bin.«

»Es ist gut«, erwiderte Bergenflucht. »Ich werde anordnen, daß dir die Kalesche angespannt wird.«

Er ging aus dem Zimmer. In der Tür kehrte er um, lief auf sie zu und küßte sie hastig. Sie wollte die Arme um seinen Hals schlingen, aber da hatte er sich schon losgemacht.

Bergenflucht ritt zum Propst von Risinge, der ihn und seine beiden Frauen getauft und getraut hatte. Als er um die Waldecke kam, von der man das Pastorat liegen sieht, da fiel es ihm ein, daß die Sonne noch recht niedrig stand und daß der Propst wohl noch schlafen würde; denn der Propst war ein alter Herr und ging spät zu Bett.

Bergenflucht bog also wieder in den Wald, ritt kreuz und quer und quälte sich mit seinen Gedanken. Einmal verlor er die Richtung, und so war eine Zeit vergangen, als er wieder um die Waldecke kam.

Vor der Zufahrt stand einer von des Propstes Hofjungen und bohrte sich in der Nase. Bergenflucht stieg vom Pferd und warf ihm die Zügel hin. Der Junge führte das Pferd um das Wohnhaus herum zum Hofe, der dahinter lag. Auf halbem Wege machte er halt und rief Bergenflucht etwas zu, aber der hatte seine schweren Gedanken und hörte es gar nicht.

Er ging um den großen Rasenplatz herum auf das Haus zu. Als er acht Schritte davon war, steckte der Propst seinen Kopf zum Stubenfenster hinaus und rief: »Hübsch, daß du dich sehen läßt, mein Sohn, komm nur herein.« Denn wenn er in Eifer geriet, dann duzte er alle seine Pfarrkinder und glaubte, er habe sie erst vorgestern eingesegnet.

Da saß nun Bergenflucht im Studierzimmer, in welchem er jedes Stück der Einrichtung kannte, erinnerte den Propst an den letzten Wunsch seiner toten Frau, bei welchem er ja zugegen gewesen war, erzählte das Weitere und fragte, was von solchen Dingen zu halten sei.

Der Propst hörte Bergenflucht an, ohne ihn mit einer

Frage zu unterbrechen. Dann blies er seine rosigen Bäckchen auf und sagte: »Es kommt wohl allerlei Blendwerk vor. Der Satan liebt es dazwischen, durch solche Vorfälle dem Menschen einen Glauben an ihn einzuflößen, um ein anderes Mal um so leichter bei ihm Vertrauen zu finden und ihn zu betrügen. Ob dies nun ein böser oder ein guter Geist war, das ist mühsam zu beurteilen. Es ist schwer zu glauben, daß Gott wegen einer geringen Ursache einem Toten die Rückkehr erlaubt, was er doch in wichtigeren Dingen verwehrt hat, nämlich als der reiche Mann ihn bat, den seligen Lazarus zur Bekehrung seiner Brüder auf die Erde zu schicken. Und euer ganzer Schmuck kann doch wohl keine große Wichtigkeit vor Gott haben als vor dem Herrn aller Bergwerke und weil seine himmlische Stadt von Gold ist und die Mauern von Jaspis und die zwölf Tore von je einer Perle und die zwölf Grundsteine von anderen Pretiosen, ich habe sie nicht alle im Kopf, Sie können das im letzten Kapitel der Offenbarung nachschlagen. Nun, freilich, auf eine Weise, die wir nicht wissen, aber sicherlich nicht ohne Gottes Zulassung, geschieht es wohl auch, daß ein Verstorbener, wenn er an etwas Irdischem allzusehr gehangen hat ... aber darüber wollen wir nicht richten, und ich bin auch gern der Meinung, die Selige habe sich mehr von der Liebe zu Brita als von dem Eifer für ihre Schmuckstücke treiben lassen. In der Summe: von allen diesen Dingen weiß man wenig, und es ist ja auch schon lange her, daß ich studiert habe.«

Der Propst schwieg eine kleine Weile. Dann schlug er mit den drei mittleren Fingern auf den Tisch und erklärte: »Aber das muß ich doch sagen: wenn du nicht soviel Geld an den Schmuck der Seligen gewandt hättest, so wäre es für dich keine Mühe gewesen, deiner Braut ein hübsches Geschenk zu kaufen. Bei allem Respekt vor der Seligen, aber diese einfache Berechnung hätte sie wohl anstellen können, selbst als sie schon in meiner Kirche unter der Steinplatte lag! Nun, nichts für ungut, sie ist ja mein Beichtkind gewesen.«

Bergenflucht fragte ihn, was er ihm zu tun rate.

Der Propst antwortete: »Sie haben der Seligen ein Versprechen gegeben, und der Schmuck muß wieder in die Truhe. Nun sehe ich wohl, daß es Ihnen schwerfällt, der gnädigen Frau die Geschenke fortzunehmen. Lassen Sie es mich ordnen.«

Der Propst stand auf, öffnete die Tür und rief ins Nebenzimmer:

»Lovisa, Kind! Komme einmal her! Du wirst doch nicht am Ende gehorcht haben?«

Lovisa lief auf Bergenflucht zu und fiel ihm um den Hals.

»Du törichter Mensch!« rief sie lachend. »Habe ich denn einen Juwelenkasten heiraten wollen? Hättest du mir alles vorher gesagt, dann hätten wir zusammen ein Brautgeschenk ausgesucht, und du hättest es mir vor den Leuten umgehängt. Ach, schickt sich nicht! Bin ich nicht deine Frau?«

Bergenflucht lachte mit, und der Propst sagte: »So lasse ich euch aber nicht weg, erst müßt ihr einen Schluck mit mir trinken. Deine Frau ist nicht so höflich wie du, die war schon in aller Frühe hier und hat mich noch gar nicht zum Frühstücken kommen lassen.«

Als sie endlich aufbrachen, ließ Bergenflucht die Zügel seines Reitpferdes hinten an die Kalesche binden, die er beim Kommen nicht wahrgenommen hatte, weil sie im Hofe hielt und die Pferde am Brunnen getränkt wurden, denn beim Propst von Risinge wurde auf Ordnung gesehen.

Bergenflucht saß neben seiner Frau, hielt ihre Hand und sagte: »Wir hätten einander gleich vertrauen sollen.«

»Ja, das hätten wir«, antwortete Lovisa.

Daheim wurde der Schmuck in die Truhe getan und die Schuldverschreibung in den Ofen geworfen. In der Nacht lagen die Gatten einander in den Armen, und die Kerzen waren gelöscht. Sie erwachten im Finstern beide zugleich, schmiegten sich aneinander und hörten die Stimme der verstorbenen Frau:

»Jetzt werdet ihr mich nicht mehr sehen. Ihr sollt miteinander glückselig leben, so wie diese beiden Kerzen brennen.«

Dabei entzündeten sich die zwei Kerzen und brannten gleichmäßig und unbewegt. Die Frau war nicht mehr zu erblicken, allein die Eheleute glaubten noch eine ganze Weile, zwölf kleine Kerzen um die beiden großen brennen zu sehen.

Bergenflucht ließ die beiden silbernen Leuchter, deren Kerzen sein und Lovisas Leben bedeutet hatten, in ein Stück zusammenschmelzen und daraus eine Halskette für seine Frau arbeiten; an dieser Kette wurde ein klarer Kiesel befestigt, den er auf einem seiner Äcker gefunden und einem Juwelier in Linköping zum Schleifen gegeben hatte.

Er lebte lange mit seiner Frau zusammen, und sie gebar ihm zwölf Söhne, die den Namen seines Hauses groß machten.

Der Ball im Ostflügel

Mein Vater stammte aus Kurland, aber wir lebten in Petersburg, wo er als Marinearzt eine dienstliche Verwendung hatte.

Meine Mutter war eine Petersburgerin. Meinem Vater sagte seine Stelle nicht recht zu, er hatte manchen Verdruß. Als meine Mutter gestorben war, zog es ihn in seine Heimat zurück. Schließlich kam er um seinen Abschied ein, und nach langen Erwägungen, Korrespondenzen und Reisen beschloß er, sich in einer kurländischen Kreisstadt als Arzt niederzulassen. Er siedelte mit meinen jüngeren Geschwistern im Frühjahr 1914 an den neuen Ort über. Mich ließ er, der Schule halber, in Petersburg und gab mich zu Verwandten meiner Mutter ins Haus. Ich sah ungeduldig den Sommerferien entgegen, erwartungsvoll, das Land kennenzulernen, in welchem mein Vater zu Hause war und von dem er so oft gesprochen hatte. Endlich konnte ich reisen. Das war damals noch umständlich und langwierig. Am späten Nachmittag kam ich an.

Ich habe gesagt, ich wollte eine Gespenstergeschichte erzählen, die ich mit meinem Vater zusammen erlebt habe. Meinem Vater waren solche Geschichten unbehaglich, wie so vielen Männern seiner Zeit, seines Berufes und seiner Beschaffenheit. Nicht, daß er ihnen den Glauben grundsätzlich verweigerte, was ja auch vor manchen gut bezeugten Fällen schwer sein mag. Aber er hielt sie sich fern, denn sie paßten nicht in die Vorstellung, die er sich von der Welt gebildet hatte, und störten ihn. Und wenn das Gespräch einmal auf derartige Vorkommnisse geriet, dann pflegte er zu verstummen, selbst auf die Gefahr hin, er, der sonst auf gefällige Umgangsformen Wert legte, könne unhöflich erscheinen.

Mein Vater hatte kein Telefon. Das Telefon war damals und dortzulande noch nicht sehr verbreitet, das war, als könne oder wolle man sich noch nicht von der Vorstellung einer von Pferdebeinen gewährleisteten größeren Schnelligkeit oder doch Zuverlässigkeit freimachen. Dem Telefon haftete noch etwas Unanständiges an, so ein Geruch nach eilfertigen und unsoliden Geschäften. Wurde meines Vaters Besuch außerhalb der Stadt erbeten, so schickte man ihm meist einen Brief durch den Kutscher, der ihn zu fahren hatte, und nur wenn mein Vater seine gewöhnlichen Krankenbesuche machte, bediente er sich des eigenen Fuhrwerks.

An jenem Tage saß ich nach dem Abendessen noch mit meinem Vater auf der Veranda im Dunkeln. Wir hatten uns viel zu erzählen, und ich war sehr glücklich. Meine Geschwister waren schon in den Betten, und ich selbst fühlte, wie die Müdigkeit nach der langen Reise sanft von mir Besitz nahm. Ich wollte schon schlafen gehen, da hörten wir ein vor unserem Hause verstummendes Räderrollen, und nicht lange danach kam das Stubenmädchen, sagte etwas Lettisches, das ich nicht verstand, und gab meinem Vater einen Brief.

Mein Vater ging mit dem Brief hinein, ins Helle, kam aber bald wieder und sagte, ich möge schlafen gehen, er werde zu einem eiligen Krankenbesuch über Land geholt. Ich fragte wohin, er antwortete, nach Drigahlen, es sei zwei Fahrstunden entfernt. Da war nun bei mir alle Schläfrigkeit weggeblasen, und ich dachte nur, wie wunderbar es sein müßte, mit meinem Vater durch die schöne, sternklare Sommernacht zu fahren; und daß es gerade meine erste

Nacht in seinem Lande war, das kam mir bedeutungsvoll vor. Ich bettelte leidenschaftlich, und endlich erlaubte er es. Er hatte so ein abgewetztes schwarzes Lederköfferchen mit den dringendsten ärztlichen Bedürfnissen, das stets zum Mitnehmen bereitstand. Es ist mir immer rührend, wenn ich an dies Ding denke, so als sei es wirklich ein unauswechselbares Stück im Leben meines Vaters gewesen.

Unterwegs, im Wagen, erzählte er mir, Drigahlen sei ein stattliches Gut, ein Majorat der Familie Horngreve; der jetzige Majoratsherr habe erst in vorgerückten Jahren geheiratet und sei bald verwitwet. Sein einziger Sohn, ein Kind von zehn oder zwölf Jahren, sei plötzlich erkrankt, und es scheine nicht ganz unbedenklich zu stehen. Er nannte mir auch den Namen irgendeiner Krankheit, die er auf Grund des Briefes vermutete, aber da ich mir bei ihm nichts denken konnte, hat er sich mir nicht eingeprägt.

Mir taten der Junge und sein Vater leid, aber ich war doch so glücklich über meine Ferien und über diese Sommernachtsfahrt, daß ich an ihren Anlaß nicht sehr viele Gedanken wenden konnte. Zuletzt schlief ich ein, und als ich aufwachte, sagte mein Vater, jetzt seien wir bald da und hinter der Waldecke werde gleich das Schloß sichtbar sein oder doch der ihm vorgelagerte Park.

Endlich erkannte ich etwas wie ein riesiges Gebäude. Das heißt, ich erkannte nicht seine Umrisse, aber ich erblickte eine große Anzahl von Fenstern, mehrere Stockwerke hindurch, und alle waren sie strahlend hell erleuchtet wie zu einer Festlichkeit. Ja, im Näherfahren meinte ich etwas zu hören wie diese Art Musik, die man rauschend nennt; ich habe übrigens nie herausgebracht, ob das ein Schillerzitat ist, aus dem Wallenstein, oder ob man es schon vorher gesagt hat.

»Das ist doch sonderbar«, sagte mein Vater und wandte sich dann mit ein paar lettischen Worten in fragendem Ton an den Kutscher. Dessen Antwort klang verneinend, zugleich aber aufgeregt.

»Was hast du mit ihm gesprochen, Papa?« fragte ich.

»Ach, nichts«, antwortete er.

Es schien mir jetzt, als sei nur ein Teil des Gebäudes erleuchtet, und als wir vor dem Portal vorfuhren, da bemerkte ich, daß dies Portal zum dunkel gebliebenen Teil gehörte. Es empfing sein freilich recht helles Licht nur von einer großen hängenden Laterne.

In diesem Licht sah ich einen Mann, der offenbar das Geräusch des Wagens gehört hatte, eilig die paar Stufen herunterkommen. Er hatte ein gutmütiges, etwas rundliches Gesicht. Sein Ausdruck zeigte, daß ihm die Ankunft des Wagens eine große Erleichterung brachte.

Mein Vater stieg aus. Die Herren begrüßten sich. Dann sagte mein Vater kalt und mit Schärfe:

»Ich verstehe Sie nicht, Baron. Sie schreiben mir einen Brief der höchsten Verzweiflung und Sorge und halten es für möglich, gleichzeitig eine Tanzfestlichkeit zu veranstalten.«

Man hört und liest oft, der und der sei erbleicht – vor Aufregung oder vor Schrecken. Ich weiß nicht, ob das in Wirklichkeit häufig vorkommt; vielleicht ist das nur so eine übereinkömmliche Vorstellung, und einer spricht es gedankenlos dem andern nach oder schreibt es von ihm ab, in der Meinung, das gehöre nun einmal dazu. Aber ich glaube mich doch deutlich zu erinnern, daß der Baron bei den Worten meines Vaters vollkommen weiß im Gesicht geworden ist. Ja, es kam mir vor, als taumelte er.

Er murmelte irgend etwas zur Antwort, ich konnte es

aber nicht verstehen, denn die Entfernung zwischen den beiden und mir hatte sich vergrößert, und dann waren sie auch gleich im Eingang verschwunden.

»Bleibe einstweilen im Wagen, Kind«, hatte mein Vater mir vorhin gesagt. »Vielleicht bin ich bald wieder da. Zieht es sich in die Länge, so wirst du hereingeholt.«

Ich grübelte über die befremdliche Szene nach. Plötzlich kam es mir in die Erinnerung, daß der Baron durchaus alltäglich gekleidet war und keineswegs wie der Gastgeber eines Balles.

Die Zeit wurde mir lang. Ich versuchte mit dem Kutscher zu sprechen, aber der konnte weder Deutsch noch Russisch, und mir war ja das Lettische so fremd wie eine afrikanische Sprache.

Ich stieg aus und spazierte ein wenig im Park herum, wagte aber nicht, mich weit zu entfernen, weil mein Vater ja jeden Augenblick zurückkommen konnte. Immer wieder blickte ich zu den festlich erleuchteten Fenstern hinauf, deren einige geöffnet schienen, und meinte nun auch nicht nur Musik, sondern überdies Stimmen, Gelächter und Tanzschritte zu vernehmen. Aber es kann sein, daß ich mich getäuscht habe in der sonderbaren Verfassung von Schläfrigkeit und Überwachheit, in der ich mich befand. Und zugleich fiel es mir auf, daß es hier draußen und auch in der nächsten Umgebung des Portals so einsam und so still war. Ich sah keinen Menschen, und ich sah auch nirgends einen Wagen, der etwa Gäste herangeführt haben könnte; aber die Fuhrwerke standen vermutlich im Hof, und so weit mochte ich meinen Gang nicht ausdehnen.

Schließlich kehrte ich in den Wagen zurück und nickte ein; es war ja spät und hinter mir lag die lange ermüdende Reise von Petersburg her.

Ich wachte davon auf, daß ich eine weibliche Stimme mit dem Kutscher sprechen hörte, und gleich darauf wurde ich auch selbst angeredet. Ich sah eine ältere Frau, offenbar eine Wirtschafterin oder Beschließerin, und sie sagte, mein Vater bleibe die Nacht über da, ich solle ebenfalls übernachten und sie wolle mich in mein Zimmer führen.

Ich stieg aus und wir gingen hinein, während der Wagen im Schritt davonfuhr. Plötzlich kam es mir zum Bewußtsein, daß ich ja beim Aussteigen an der Front des Gebäudes hinaufgesehen hatte, und da war alles finster, öde und still gewesen.

Wir kamen durch eine Halle, über Treppen und Korridore. Nun, da sah es nirgends so aus, wie man sich Schloßräumlichkeiten während eines Balles vorstellt. Wir begegneten keinem Menschen. Wir hörten keinen Laut. Die Räume waren schwach erleuchtet.

Ich erkundigte mich bei meiner Führerin nach dem kranken Jungen, sie gab eine undeutliche Auskunft. Eingedenk des Schreckens, den die Worte meines Vaters dem Baron eingejagt hatten, empfand ich eine Scheu, sie nach dem Balle zu fragen. Aber ich konnte es doch nicht lassen, und so versuchte ich es diplomatisch zu machen, sprach ein paar Plauderworte und erkundigte mich dann, ob es hier oft Besuch und Geselligkeit gebe.

Sie antwortete, seit dem Tode der Baronin gehe es sehr einsam zu; Gäste in größerer Anzahl, so wie früher, gebe es kaum mehr, und die großen Festräume im Ostflügel seien seit vier Jahren nicht mehr benutzt worden.

Im Ostflügel? dachte ich. Welches ist der Ostflügel? Ich suchte mir die Himmelsrichtungen klarzumachen, und weil ich damit nicht zurechtkam, so befragte ich die Frau, nachdem ich einen anderen Gesprächszusammenhang hergestellt hatte. Sie antwortete, ich überlegte. Wahrhaftig, es gab keine andere Möglichkeit, der Ostflügel mußte jener Teil des Schlosses sein, aus dem vorhin Licht und Ballgeräusche zu uns gedrungen waren.

Endlich waren wir in dem mir bestimmten Gastzimmer. Jetzt überwältigte mich wieder die Müdigkeit. Ich begann mich auszukleiden, dann kam noch ein Stubenmädchen und brachte mir einen großen Teller Himbeeren in süßer Sahne, ich aß sie schon halb im Schlaf.

Am nächsten Morgen erschien wieder ein lettisches Mädchen und holte mich zum Frühstück. Gleich danach kam mein Vater und hatte das Köfferchen schon bei sich. Er sah müde aus, er war ernst und schweigsam.

»Der Junge ist gestorben«, sagte er.

Gleich nach dem Frühstück fuhren wir ab. Den Baron bekam ich nicht mehr zu Gesicht.

Mein Vater, der fast die ganze Nacht aufgewesen war, schlummerte im Wagen ein, kaum daß wir die Waldecke passiert hatten. Später, als er aufgewacht war, streichelte er meine Hand, blieb indessen ungesprächig.

Unvermittelt fragte er: »Sage mal, du kannst dich doch gewiß noch erinnern? Als wir ankamen, war da nicht ... ich meine, wir haben auch davon gesprochen ... erleuchtete Fenster ... Musik.«

Ich wollte antworten, aber er schnitt mir die Rede ab, indem er mit einer sehr entschiedenen Handbewegung sagte:

»Ach was, ich muß einen klaren Kopf behalten, gegen Mittag habe ich eine Operation.«

Und dann richtete er sich wieder zum Schlafen ein.

Auch als wir wieder zu Hause waren, ließ er sich nicht bewegen, über die Angelegenheit zu sprechen, auch in den folgenden Tagen nicht. Ich dachte immer, es werde einmal eine besonders vertrauliche Stunde geben, in der ich ihn doch noch würde fragen können. Aber die kam nicht, mein Vater war auch wenig zu Hause, denn entweder fuhr er auf seine Praxis oder auf die Jagd, und kaum war er zurück, so kam schon jemand, um ihn zu einem Patienten zu holen.

Ich lernte in der kleinen Stadt viele Menschen kennen, und da wurde denn auch oft von dem Tode des Drigahlenschen Majoratserben gesprochen, und man wollte allerlei von mir wissen, nachdem es bekannt geworden war, daß ich jene Nacht im Schlosse verbracht hatte. Ich hörte da auch eine Geschichte erzählen, die mir mißfiel, weil sie zu sehr an die Geschichten meiner Schullesebücher erinnerte.

Sehen Sie, es gibt Gespenstergeschichten, die, allem Grausigen zum Trotz, in einem gewissen Sinne behaglich sind, weil alles zusammenstimmt und eine herkömmliche Vorstellung rechtfertigt, die man sich von Gespenstergeschichten gemacht hat. Meine Geschichte gehört nicht zu den in dieser Art behaglichen, denn sie hat das Leidige, daß sie an Sagen und Märchen erinnernde Elemente enthält. Und leidig ist es in der Tat, leidig, unbehaglich, widerwärtig, ja, unerträglich, wenn jemand etwas auf solche Motive Zurückführendes erzählt und dafür von uns heutigen Menschen Glauben fordert. Ich mag also einen Glauben nicht für diese mit Sagenmotiven arbeitenden Erklärungsversuche fordern, sondern fordere ihn nur für das, was ich selber gesehen und erlebt habe.

Wenn man den Kern festhält, so bleibt dieses bestehen, daß mein Vater und ich die erleuchteten Fenster gesehen und die Tanzmusik gehört haben, obwohl da kein Ball und keine Musik gewesen ist, vielmehr die Räume dunkel, verschlossen und seit Jahren unbenutzt lagen, was übrigens auch in der Stadt jedermann wußte. Dies ist einmal festzuhalten und zum zweiten dies, daß der Baron tödlich erschrak, weil er offenbar – darauf komme ich noch zu sprechen – in der geschilderten Erscheinung eine Ankündigung erblickte, sein Sohn müsse sterben; und zum dritten dies, daß der Sohn wirklich starb. Darüber jedoch, was für ein Zusammenhang zwischen diesen drei Dingen besteht, ob überhaupt einer oder nur ein vom Baron irrigerweise vorausgesetzter, darüber läßt sich mit Gewißheit nichts ausmachen.

Sie alle kennen Geschichten von der sogenannten Hochzeit des kleinen Volkes, ich geniere mich wahrhaftig, darauf anzuspielen. Übrigens gibt es da auch eine Goethesche Ballade, die freilich alles ins Heitere und gefällig Bezaubernde wendet, das Hochzeitslied, und es ist tatsächlich bei meiner Hochzeit gesungen worden, obwohl ich in Wien heiratete und dort niemand etwas von meinem Drigahlenschen Erlebnis wußte. Und natürlich habe ich, als ich nach Drigahlen kam, nicht geahnt, daß dort so eine Sage ging, ich war doch erst wenige Stunden im Lande und hatte den Namen Drigahlen nie vorher gehört. Das erwähne ich ausdrücklich, damit niemand denkt, ich sei schon mit Voraussetzungen hingekommen und habe dann dort dasjenige gesehen, was ich eben erwartete.

Es wird also erzählt, dem kleinen Volk, das die Erlaubnis hatte, im Schloß eine Hochzeit zu feiern, sei auf irgendeine Art zu nahe getreten worden, wahrscheinlich hatte jemand gegen die Vereinbarung dem Fest heimlich zugesehen. Daraufhin hätten die kleinen Leute, oder man sagt auch wohl der Elfenkönig, einen Fluch auf das Geschlecht des Schloßherrn gelegt.

Demzufolge konnte das große, schöne Majorat nie vom Vater auf den Sohn erben, denn stets starben die Söhne vor den Vätern, so daß Drigahlen innerhalb der sehr ausgebreiteten horngreveschen Gesamtfamilie immer an Seitenlinien geriet. Aber weil den kleinen Leuten doch eine Freundlichkeit erwiesen worden war, damit, daß man ihnen gestattet hatte, ihre Hochzeit in dem großen Schloß-Saal zu begehen, so hatten sie auch noch etwas wie eine schauerliche Gefälligkeit in ihren Fluch hineingewoben: nämlich daß sie jedesmal, wenn der Tod eines Majoratserben bevorstand, mit der Vorspiegelung, oder soll man sagen: Nachspiegelung?, jenes Festes ein Zeichen gaben.

Ich weiß, diese Sagen sind in vielen Gegenden aufgezeichnet worden, und ich glaube, die Gelehrten nennen das ein Wandermotiv. Aber was da eigentlich wandert, das weiß wohl niemand so recht, und vielleicht ist gar das kleine Volk selber ein wenig wanderlustig. Natürlich nimmt man an, der Umstand, daß das Majorat immer an Seitenlinien überging, habe die Sage entstehen lassen. Aber man kann doch auch denken, eine bestimmte Art von Erscheinungen sei nun einmal da gewesen, und um sie sich erklärlich zu machen, haben die Menschen dann so eine Sage dazuerfunden, und hierbei haben sie natürlich an Dinge angeknüpft, die ihnen von anderen Sagen oder Märchen her geläufig waren.

Sehen Sie, an Elfenvolk glaubt keiner von uns, das tun wohl nicht einmal die leichtgläubigsten Spiritisten. Aber ist das nicht ein merkwürdiger Widerspruch, daß in Kurland viele Menschen, die allenfalls in ihrer Kindheit an Elfen geglaubt haben, doch bis an ihr Lebensende die Geschichte vom Elfenkönig in Drigahlen für wahr hielten, wenn sie das vielleicht auch nie zugegeben hätten, oder doch für ungefähr wahr, denn es gibt ja Zwischengebiete und Abschattungen des Fürwahrhaltens. Nun, wie das auch sein mag, wir können doch wohl sagen, so etwas gibt es nicht. Wenigstens nicht in dem, was wir Wirklichkeit nennen, denn auf eine andere Weise mag es dergleichen schon geben, und könnte man nicht am Ende behaupten: Das, was es nicht gibt, das nimmt es sich eben, und zum mindesten nimmt es sich heraus, eine wichtigere Rolle zu spielen als das, was es gibt, und ob wohl Geben, was meinen Sie, auch hier seliger als Nehmen ist?

Immerhin, da es also das alles nicht gibt, oder sagen wir lieber: da es nicht in der Art vorhanden ist wie dieser Balkon, dieses Weinglas oder dieser Wind oder diese Mitternachtsstunde – aber die Mitternachtsstunde ist ein schlechter Vergleich, denn wieweit sie vorhanden ist und wieweit wir sie nur annehmen, das weiß niemand –, so kommt vielleicht alles auf die Frage an, was dieses Unvorhandene oder doch nicht recht Vorhandene denn bedeutet und besagen will. Und darüber könnte man allerdings viel nachdenken, viel sprechen und viel streiten.

Nun, bald nach meinem Drigahlenschen Erlebnis ist der Krieg ausgebrochen, und mein Vater mußte eine dienstliche Stellung bei der Schwarzmeerflotte antreten. Später habe ich meist außerhalb Europas gelebt, und ich bin nie wieder nach Kurland gekommen, und so habe ich auch der zweifligen Sache nicht an Ort und Stelle nachgehen können.

Der Chinese

Während eines jener kleinen Feldzüge, die im östlichen Europa nach Beendigung des großen Krieges geführt wurden, hatte ich auf einer bedeutungslosen Bahnstation drei Tage lang auf eine Möglichkeit zur Weiterfahrt zu warten; dergleichen geschah damals häufig. Nichts ist mir gegenwärtiger als solche Bahnhofsräumlichkeiten: der säuerliche Geruch von Soldatentuch, Leder, schwarzem Brot und Machorkatabak, die Zigarettenstummel, die ausgespuckten Hülsen von Sonnenblumenkernen auf dem Boden, die unbegreiflich zusammengedrängten Menschenhaufen, Flüchtlinge mit Bündeln und schreienden Kindern, klagende Frauen, Männer in Soldatenmänteln, liegend, hockend, viele im Stehen schlafend, bewaffnet oder unbewaffnet; niemand konnte Nochsoldaten und Nichtmehrsoldaten unterscheiden. An der Wand des Wartesaales die fliegenbeschmutzte Preistafel von einst: die große Portion Hasenbraten in saurer Sahne für vierzig Kopeken, am Büfett aber nichts als saure Gurken und ungesüßten Tee, das Glas für drei Rubel. Eine Hölle des Wartens. Verließ man aber den Bahnhof auch nur für eine Stunde, so konnte man gewärtig oder gewiß sein, den Zug zu versäumen.

Ich saß auf meinem Koffer, den zweiten Sitzplatz überließ ich einem Oberstleutnant, der auf den Gegenzug wartete. Es war ein schlichter und gesammelter Mensch in den Vierzigern mit angenehmer, etwas leiser Stimme und mit einer goldenen Brille. Sein Gesicht habe ich nicht vergessen; darf ich sagen, daß er ein belegtes Gesicht hatte, wie andere Menschen eine belegte Zunge haben? Wahrhaftig, ein treffenderes Wort finde ich nicht für diesen sonderbaren Zug geduldigen, aber unabschüttelbaren Grüblertums. Im übrigen war er ein Popensohn, wie so viele Offiziere von der Linieninfanterie. Er stammte aus einem jener zahllosen Infanterieregimenter, die sich durch nichts unterschieden als durch ihre Nummern, und aus einer jener zahllosen Provinzgarnisonen, die sich durch nichts unterschieden als durch ihre Namen.

Man weiß, welch eigentümliche Verrückung des Zeitsinnes auf Seefahrten zu geschehen pflegt; am Abend des ersten Tages sind einem die Mitreisenden so vertraut, als habe man vier Wochen miteinander in einer Pension gelebt. Ein ähnliches vollzog sich hier.

Wir hatten bald festgestellt, daß wir im großen Kriege einander gegenübergelegen hatten, in einem Geländeabschnitt, den wir die Bubnower Mulde nannten, während er bei den Russen der Brigadierswinkel hieß, und wir erinnerten uns mancher Vorfälle aus jener Zeit. Wir bewirteten einander mit unseren Mundvorräten; er teilte seine Lektüre mit mir, indem er mir sorgfältig, sobald er zwei Seiten gelesen hatte, das herausgerissene Blatt hinreichte; es war eine russische Ausgabe des »Hundes von Baskerville«. Wir wechselten uns ab in den halbstündigen Erkundungsgängen zum Stationsvorsteher. Kurz, wir teilten eine Zeitspanne, die uns das Gewicht eines im Kerker verbrachten Jahres zu haben schien. Unsere Gespräche unterbrach häufig das aufspringende Gerücht, der Zug sei im Anrollen. Da hieß es, das Gepäck nehmen und auf den Bahnsteig stürzen, um für den Kampf um die Wagentür in vorderster Linie bereitzustehen. War das Gerücht als trüglich erwiesen, so galt es die gleiche Hetzjagd zurück in den Wartesaal, sollte man nicht der paar Kubikfuß geheizten Raumes verlustig gehen. Am zweiten Tage erzählten wir uns Dinge, die nicht mehr an der Oberfläche unserer Existenzen lagen. Am dritten berichtete er mir sein Erlebnis.

Ein Jahr vor unserer Begegnung war der Oberstleutnant mit einem Freiwilligenbataillon im Vormarsch gegen die Rote Garde. In Kudrowo kommen zwei halbwüchsige Junker mit einem Gefangenen zum Bataillonsstab und mit einer schriftlichen Meldung ihres Kompanieführers: Der Chinese sei mit geladenem Militärgewehr in einer Vorstadtgasse erwischt worden, Munition, Ausrüstungsstücke oder Papiere habe er nicht gehabt, Russisch spreche und verstehe er nicht.

Der Oberstleutnant läßt ihn vorführen. Er hat ein paar Jahre in der Mandschurei Dienst getan, Chinesengesichter sind ihm geläufig; über die gängige Meinung Europas, alle Chinesen hätten, ununterscheidbar, eine einzige Physiognomie, ist er hinaus. Dieser Gefangene hat zudem noch ein Merkmal, nämlich das rechte Ohr ist verkrüppelt, ob von Geburt oder infolge einer Verletzung, ist nicht zu ersehen. Auch meint der Oberstleutnant, die Augen des Arrestanten seien runder gebildet, als es bei seiner Nation die Regel ist; übrigens sind es freundliche Augen, ja man muß vielleicht sagen: gute Augen. Sonst besagen seine Züge, daß er ein Kuli ist, ohne mehr Verstand, als zum Sandschippen gehört, vermutlich arbeitsam und leicht zufriedenzustellen, jetzt indessen von Schrecknissen verschüchtert und voll einer unbestimmten Erwartung. Er hat hohe Stiefel an und einen zerrissenen städtischen Anzug.

Man mag bei der Kompanie geglaubt haben, der Oberstleutnant verstehe von früher her ein wenig Chinesisch. Daher hat man ihm den Mann geschickt, vielleicht, daß ein Verhör Wissenswürdigeres zutage bringt. Nur aus diesem Grunde hat der Kompanieführer ihn nicht erschießen lassen, wozu er berechtigt, ja verpflichtet war; denn der Chinese wurde mit der Waffe in der Hand betroffen, und es war längst durch Maueranschlag bekanntgemacht worden, welches Schicksal den unbefugten Waffenträger erwartete.

Der Oberstleutnant hat seine zehn oder zwölf chinesischen Wörter längst vergessen. Er fragt russisch. Der Gefangene antwortet: »Nicht russisch.« Fragen, Drohungen, Kunstgriffe, wie man sie zur Enttarnung von Simulanten anwendet – das Ergebnis bleibt unverändert: »Nicht russisch.«

In Westeuropa wissen wenige, welche Mengen chinesischer Kulis als billige Arbeitskräfte in der männerarmen Kriegszeit nach Rußland strömten. Bei Bahn-, Straßen-, Dammbauten arbeiteten sie zu Tausenden, hausten in Kolonnen miteinander, hatten ihre Köche, Einkäufer, sprachkundige Vertrauensleute, die für sie mit Behörden, Unternehmern, Lohnzahlern verhandelten. Da konnte es geschehen, daß einer zwei Jahre im Lande war, ohne ein Wort Russisch zu lernen. Als die Ordnung sich löste, schlossen sich viele den roten Abteilungen an, findige Raubsucht und kalte Grausamkeit machten sie verhaßter, als es der unmenschlichste Russe seinen Landsleuten hätte werden können. Andere begriffen nur, daß die Weißen irgendeinen Streit unter sich hatten, daß die Brote teurer und die Schießereien häufiger geworden waren und daß man trachten mußte, irgendwie, zu Fuß und auf Waggondächern, mit den gesparten Rubeln zu Eltern und Kindern nach Tschang-Ling oder Sam-Schui sich durchzuschlagen.

»Was für ein Kerl war dieser?« fragte der Oberstleutnant. »Ein Mitgänger der Roten? Oder hat er ahnungslos ein weggeworfenes Gewehr aufgehoben und gemeint, vielleicht gibt ihm einer ein paar Rubel Reisegeld dafür? Ich habe mir eine Weile den Kopf zerbrochen, er tat mir leid. Schließlich, ich hatte keinen Dolmetscher, mitschleppen konnten wir ihn nicht, zuwarten auch nicht, der Marschbefehl lag vor. Wenn er ein roter Freischärler war, sollte ich ihn im Rücken der Truppe laufen lassen? Meine Instruktion war deutlich. Und was zum Teufel hat denn unser Beruf für einen Sinn, wenn nicht den, daß wir Gewissensverantwortungen auf uns nehmen, die dem gemeinen Mann zu schwer zu tragen wären?

Ich gebe dem Chinesen ein Stück Brot, einen Schnaps, eine Zigarette, ich sage zu meinem Adjutanten: Ab an die Wand. Nachher frage ich und höre, er hat immer lauter und höher geschrien: »Nicht russisch! Nicht russisch!« – womit er vielleicht ganz andere Dinge hat ausdrücken wollen, nur fehlten ihm die Worte. Dann ist er still geworden und hat mit gesenktem Kopf auf seine Kugeln gewartet. Da habe ich gedacht, ich hätte ihn wohl laufen lassen dürfen, ohne daß es eine Pflichtverletzung gewesen wäre.

Ich muß Ihnen aber noch mehr von diesem Chinesen erzählen. Da wäre es ja nun sehr leicht für mich, die Geschichte mir nachträglich zurechtzulegen, wie man das meistens tut, und etwa zu sagen, der Vorfall habe mich in der Erinnerung beunruhigt. Aber ich habe kaum mehr an ihn gedacht, es gab so viel anderes und auch Ärgeres, und auch geträumt habe ich nicht von ihm. Sehen Sie, das ist ja alles Romanschreiberei, daß uns die Menschen, denen wir etwas angetan haben, im Traum quälen sollen; da quälen uns gerade die, denen wir nichts taten, weil wir im Wachsein unserem Zorn keinen Lauf gaben.

Ich habe oft den furchtbaren Traum, ich schlage mit einem Beil auf meinen Klasseninspektor aus der Junkerschule ein. Im Traum peinigen uns nicht die Menschen, gegen die wir ein schlechtes Gottesgewissen haben, weil wir ihnen Böses taten, sondern die, gegen die wir ein schlechtes Teufelsgewissen haben, weil wir ihnen das Böse nicht zufügten. Darum werden wohl unsere Träume auch nicht von Gott kommen. Übrigens, das werden Sie einräumen, es hat noch niemand in ander Leuts Träume gesehen, was läßt sich da schon wissen? Also, geträumt habe ich nie von ihm.

Ein halbes Jahr darauf werde ich mit einem Auftrag zum General Subrinski geschickt, irgendwo hinter Taganrog. Der Stab liegt auf einem Gut, dreißig Werst von der Bahnstation. Mein Zug kommt an, es ist ein klarer Frühlingsmorgen. Vor dem Bahnhof hält ein Kraftwagen mit dem Stabsfähnchen. Ich frage den Fahrer, er soll Exzellenz Soundso abholen, es war irgendein früherer Dumadeputierter oder Minister, was weiß ich. Er kommt und hat Eile, ich frage, ob er mich mitnehmen will. »Bitte sehr!« Ich habe den Fuß schon auf dem Trittbrett, da sehe ich jenseits des Wagens auf fünfzehn Schritt einen Chinesen stehen. Ich denke, warum soll da kein Chinese stehen?, und will den andern Fuß nachziehen. Der Chinese winkt mir, ich stutze. Das alles war in Sekunden. Er winkt dringender, ich trete zurück. Ich habe keinen bestimmten Gedanken gehabt in diesen Augenblicken, es kam mir einfach so vor, als sei es wichtiger, auf ihn zuzugehen, als in den Wagen zu steigen. Ich ging also um den Wagen herum, der Chinese entfernte sich, ich ging hinter ihm her auf den kleinen Garten zu, in welchem der Stationsvorsteher seine Laube und seine Fliederbüsche hatte. Der Chinese wandte sich um und winkte wieder, vom Wagen her wurde nach mir gerufen. Jetzt fällt mir ein, daß er ja einen Anzug hat wie der Gefangene in Kudrowo, und ein verkrüppeltes Ohr, ja, das hat er auch.

Es wurde mir eiskalt ums Herz, ich wußte, er führt mich in die Dunkelheit einer unausdenkbaren Rache, aber ich hatte nicht die Gewalt, umzukehren oder stehenzubleiben. Der Chinese war in die Laube getreten; ich bin auf die Laube zugegangen, wie ich bei Brzezany auf Ihre Stellung zugegangen bin, da habe ich ja auch nicht umkehren oder abbiegen können, obwohl das vielleicht angenehmer gewesen wäre. Aber wie ich in die Laube komme, da ist sie leer, und sie hat doch nur den einen Zugang. Ich denke, ich habe mich geirrt, ich schaue mich im Garten um, vergebens. Ich beginne plötzlich zu laufen, denn es gab für mich nichts Wichtigeres als diesen Chinesen, ich renne auf den Bahnsteig, an die Rampe, durch die Warteräume, über die Gleise, ich frage Soldaten und Eisenbahner: nichts.

Nun, ich war sehr verstört, aber ich hatte ja meinen Auftrag, was blieb mir übrig? Der Stabswagen war weg, der Politiker hatte es ja eilig gehabt, wie hätte er warten sollen, wenn ich plötzlich wie ein Unsinniger davongegangen war? Mit einiger Mühe beschaffte ich mir ein Bauernfuhrwerk. Unterwegs hörte ich, was geschehen war. Das Stabsauto war in der Kurve mit einem Lastkraftwagen zusammengestoßen, einem behelfsmäßigen Panzerauto, irgend so ein junger Bengel von der Junkerschule hat es gesteuert, weiß der Teufel, wie es zuging, aber der Stabswagen ist draufgegangen, und der Fahrer und der Politiker waren auf der Stelle tot.

Ich habe Ihnen eigentlich nichts mehr zu erzählen, die Geschichte ist zu Ende. Aber das Wichtige fängt doch jetzt erst an, nämlich es muß sich ja noch der Sinn offenbaren. Denn sehen Sie, wenn eine Sache auf der Welt einen Sinn hat, dann muß alles auf der Welt einen Sinn haben, und wenn etwas Sinnloses möglich ist, dann muß alles ohne Sinn sein. Davon ist natürlich nicht zu reden, daß ich mich getäuscht haben oder daß es irgendein anderer Chinese gewesen sein könnte, ich kann ja chinesische Gesichter auseinanderhalten, dies hatte noch dazu seine Merkmale, und es ist ja auch von niemandem auf der Station ein Chinese gesehen worden. Hat sich mein Schutzengel dieser Verkörperung bedient? Aber warum gerade dieser? Oder war es der Chinese, der sich in Kudrowo selber sein letztes Loch schaufeln mußte? Wenn ich an seine guten Augen denke, dann könnte ich es mir vorstellen. Wollte er sich vor mir rechtfertigen? Was konnte ihm daran liegen? Oder mein Gewissen beladen? Vielleicht sollte auch durch dies Geschehnis irgend etwas Besserndes in mir bewirkt werden, ich weiß es nicht. Dann aber bin ich auch zu der Meinung gekommen, ich sollte gerettet werden, um einem noch viel, viel schrecklicheren Schicksal aufgespart zu bleiben, und das hat der Chinese so einzurichten verstanden, der ein gerissener roter Zaunschütze gewesen ist oder ein armes Gotteskind.«

Jemand schrie: »Der Zug aus Alexandrowka!« Der Oberstleutnant sprang auf und rannte mit den anderen davon. Diesmal war es kein blinder Alarm. Wir haben keinen Abschied nehmen können.

Diese Begegnung bewegte mich lange auf eine sehr eindringliche Art. Es kam mir vor, wenn ich des Oberstleutnants weitere Schicksale erführe, dann müssten mir allerlei Fragen, die mich sehr beschäftigten, plötzlich beantwortet sein, Fragen nach dem Sinn des Lebens, nach dem Wesen der Welt und des Schicksals, denn so drückt man sich ja wohl aus in dem Alter, in welchem ich mich damals befand. Ich bin ihm nicht wieder begegnet, Nachforschungen, die ich in den Kreisen der Emigranten anstellte, blieben ohne Erfolg, später wurden mir andere Dinge wichtig, man weiß, wie das zugeht; ich habe Kinder und Arbeiten und finde den Namen des Oberstleutnants heute nicht mehr in meinem Gedächtnis.

Der grüne Kasten

Nalewski heißt eine langgestreckte, einige Male stumpfwinklig gewundene Straße in Warschau. Hier wohnt das Volk Israel Haus an Haus, Laden an Laden, in Enge, Gerüchen und Geschrei. Buntfarbige Namen prahlen auf grellen, mit primitiver Eindringlichkeit gemalten Firmenschildern. Viel Armut und Elend ist hier, viel Herzenshärtigkeit und Geldgier, viel ängstlich versteckter Wohlstand, aber auch viel verborgenes Sehnen und Ausschauen nach dem heiligen Sterne Zions.

Eins der niedrigen hölzernen Hinterhäuser in dieser Straße gehörte dem Händler Aaron Zitron. Es sah aus, als sei noch kein Strahl einer höheren und reicheren Freude in seine Fenster gefallen. Zwischen zwei mehrstöckige Nachbargebäude eingezwängt, blickte es scheu und geduckt wie ein verprügelter Hund auf den engen, schmutzigen, übelriechenden Hof.

Im Keller dieses Hauses wohnte in einem feuchten, halb finsteren Gelaß Chaim Pruzanski, der taube Narr. Außer Aaron Zitron, dem Bruder seiner Mutter, gab es keinen Menschen, der sich um ihn kümmerte. Da er zurückgeblieben am Geiste und verkrüppelt am Körper war, galt er den Leuten als der von Gott Gezeichnete, der gestraft ist um der Sünden seiner Väter willen. Denn die Juden von Nalewski sind ein frommes Volk.

Chaims kleine verwachsene Gestalt mit dem großen, tief zwischen den Schultern ruhenden Kopf, dem leicht gekrümmten Rücken und dem seltsam schleifenden Gang war allen Bewohnern der umliegenden Straßen vertraut. Täglich um dieselbe Stunde ging er denselben Weg, und immer lag derselbe Zug von gelassener und gegenstandsloser Heiterkeit um seine großen, etwas vorstehenden Augen, um den stets geöffneten, länglichen Mund mit den fahlen Lippen.

Chaims Dasein drehte sich um zwei Pole. Der eine war Aaron Zitron. Er kleidete, nährte, beherbergte ihn und flößte ihm Furcht ein. Chaim empfand jedoch diese Furcht als notwendig, verwachsen mit seinem Leben. Jeden Morgen empfing er von Aaron einige Pack Streichhölzer, und jeden Abend lieferte er den Erlös und den Rest seiner Ware ab. Der Oheim war ein mißtrauischer Rechner und zählte beides genau durch.

Verkörperten sich so für Chaim alle trüben Notwendigkeiten in Aaron Zitron, so sprang auf der anderen Seite eine unversiegliche Quelle, die ihn immer wieder mit Trost und Heiterkeit tränkte. Das war der andere Pol im Leben des tauben Narren, und er bestand in nichts mehr als dem hölzernen Warenkasten eines alten Juden, der mit Schuhwichse, Schnürsenkeln, Zigaretten und Apfelsinen hausierte. Chaim hatte seinen Standplatz am Wiener Bahnhof, und auf dem Wege dahin begegnete er täglich dem Alten. Nie hatte er ihm einen Blick geschenkt, nie seine Züge sich einzuprägen gesucht. Er war ihm nur der zufällige Träger, der gleichgültige Diener eines Gegenstandes von unerhörter Kostbarkeit. Aber der Kasten, der Kasten! Breit und massig war er gebaut, prachtvoll grün gestrichen, innen und außen. Und die Innenseite des stets geöffneten Deckels zeigte auf giftgrünem Grunde ein himmelblaues Stück Meer neben einem schneeweißen Hause, dessen vorspringendes Dach von zwei Säulen gestützt wurde. Und zwischen Haus und Meer stand in fröhlicher Unbekümmertheit um alle Gesetze der Perspektive eine violett gekleidete Dame mit rabenschwarzem Haar und hielt in der hoch erhobenen Hand eine Dose mit Schuhwichse zum Himmel empor. Diese sandte ihrerseits zwei grelle, breite Strahlen in Gestalt eines schwefelgelben und eines knallroten Balkens aus, die an der grünen Umrahmung wie abgebrochen aufhörten.

Dieses Bild war für Chaim der Inbegriff des Schönen und Erhabenen. Die violette Dame, das blaue Meer, das säulengeschmückte Haus und nicht zuletzt der gelbe und der rote Strahl erschienen seinem armen Geiste als Bürgschaft einer höheren Welt, Verheißung einer unfaßbaren, leuchtenden Herrlichkeit, die irgendwo bereitliegen mußte. Einmal, das fühlte er, mußte sie offenbar werden und ihren Glanz auch über ihn ausgießen. Nie hätte er gewagt, sich diesen Kasten in Gedanken anstelle des armseligen, geflochtenen Weidenkorbes zu wünschen, in welchem er seine Streichhölzer trug. Ihm genügte es, ihn täglich im Vorbeigehen anzusehen und alles an ihn zu verschwenden, was an Fähigkeit zu Liebe und Verehrung im aschenhaften Düster seiner Natur flackerte. So betet der primitive Mensch ein selbst geschnitztes Stück Holz an, in welchem er doch in höheren Augenblicken Ausdruck und Träger seiner eigenen, noch unerschlossenen Empfindungswelt ahnt.

Chaim Pruzanski spürte es nicht, daß die Zeit ein anderes Angesicht gewann. Wie immer stärkte er seine arme Seele im Anschauen des grünen Kastens, wie immer rief er klagend: »Spitschki! Zapalki!« Wie immer tauschte er seine Waren gegen die großen kupfernen Geldstücke und nahm es ohne Neugier hin, daß die Soldaten in den grünlichgrauen Hemden immer mehr in der Zahl seiner Kunden überwogen. Er achtete kaum darauf, daß das Leben in der Stadt hastiger und nervöser wurde; bis ein Tag kam, der ihm das ganze Bild der Welt zerriß.

Riesige graue Menschenmassen hasteten durch die Straßen, Wagenzüge, Reiter, Geschütze. Mit Offizieren überfüllte Autos suchten sich einen Weg zu bahnen, oft vergebens trotz aller Rücksichtslosigkeit. Betrunkene Soldaten schleppten Waren aus den Läden. Die Häuser schlossen sich. Das Volk verschwand von den Straßen, die sich immer mehr mit den Scharen der Soldaten füllten.

Und der Taube, dem sich das Geschehen um ihn nicht so deutlich mitzuteilen vermochte wie den anderen, fühlte sich plötzlich vom Strudel erfaßt, verschlagen, abgeschnitten von allem Vertrauten. Eine jähe Bestürzung sprang ihn an, eine ratlose Furcht vor dem Unbekannten und Unbegreiflichen, das um ihn geschah.

In dieser Not fiel ihm der grüne Kasten ein. Er war Trost, Ebenmaß und Harmonie in dieser toll gewordenen Welt. So schnell ihn die schwächlichen Beine schleppten, eilte Chaim der Straßenkreuzung zu, an welcher der Alte zu stehen pflegte. Dort herrschte der gleiche Wirrwarr. Soldaten, Soldaten, Soldaten. Einige stießen und drängten sich auf dem Bürgersteig, kniend, suchend, aufhebend. Und als Chaim näher kam, sah er im Rinnstein zertrümmert den grünen Kasten liegen, in dessen verstreuten Inhalt sich gierige Fäuste teilten.

Einen Augenblick stand der Narr wie versteinert. Dann bückte er sich, um die Bruchstücke zu retten. Heißer, nach Schnaps riechender Atem quoll ihm entgegen. Ein vollbärtiger, weißblonder Soldat mit rotem Gesicht, der seine Mütze im Gedränge verloren hatte, brüllte ihn an.

Der Taube spürte die Feindseligkeit in Gesichtsausdruck und Gebärde. »Belieben Sie doch, Herr, mich in Ruhe zu lassen«, flehte er, und als sei damit alles erklärt, fügte er hinzu: »Das … das ist doch der grüne Kasten!«

Man stieß ihn zurück, schlug ihm den Streichholzkorb aus der Hand und die Mütze vom Kopfe. Grinsend warf ihn einer dem andern wie ein Bündel zu. Schläge, Stöße, Fußtritte trafen ihn, bis er endlich blutend einen Ausweg aus dem Gedränge gewann und nach Hause flüchtete.

Chaim Pruzanski kauerte, noch an allen Gliedern zitternd, in seines Oheims Stube und starrte durch das zerschlagene Fenster in den Hof, der sich allmählich mit Dämmerung füllte. Im Hause sah es böse aus. Die Möbel waren zertrümmert, Schränke und Kästen umgestürzt, alles Brauchbare weggeschleppt. Wäschestücke, Lumpen, zerbrochene Teller und Schüsseln lagen in wirrem Durcheinander auf dem Fußboden. Von einem der trunkenen Plünderer vergessen, stand in einer Ecke ein Gewehr.

Aaron Zitron war nirgends zu finden. Die Nachbarn zuckten die Achseln.

Die ganze Nacht hockte der Narr zwischen den Trümmern. Die Welt war zerfetzt, es gab nichts mehr, das sein Leben stützen und schmücken konnte. Zitron ließ sich nicht blicken, der grüne Kasten war zerschlagen.

Endlich kam ihm der Gedanke, daß er etwas tun müsse, daß er nicht ewig hier in der wüsten Stube kauern könne. Zum ersten Male sah er Entscheidung und Entschluß von sich gefordert.

Er fand die einzige Zuflucht. Gegen Mittag verließ er langsam das Haus, um in die Weichsel zu gehen.

Die Straßen wimmelten noch immer von Menschenmassen in grauen Uniformen. Aber statt der flachen Tellermützen oder der hohen Lammfellkappen trugen sie graue Helme mit Spitzen. Chaim achtete nicht auf sie, sondern setzte unbeirrt seinen Weg fort. Fast war es das alte Lächeln voll Ruhe und Heiterkeit, das auf seinem blassen Gesicht lag.

An einer Straßenkreuzung staute sich Bettelvolk um einen Wagen mit Schornstein und großem, hochgeklapptem Deckel. Ein Soldat schüttete geringschätzig den Leuten übriggebliebenes Essen aus einer großen Kelle in die bereitgehaltenen Näpfe und Eimer. Chaim blieb stehen, wie ein Tier überfiel ihn der Hunger. Im Schmutz der Straße sah er eine leere Konservenbüchse, hob sie auf und drängte sich an den Küchenwagen. Der Soldat blickte ihn an, grinste und füllte ihm die Dose. Chaim schlang das dampfende Gemenge hinunter. Dann kehrte er entschlossen um und ging wieder dem Hause seines Oheims zu.

Allein der erste eigene Entschluß, der sich seiner Dumpfheit entrungen hatte, der Gedanke des Sterbens, geboren aus Hilflosigkeit und Verzweiflung, war gedacht und hatte Leben gewonnen. War aus ihm hinausgetreten und wirkte.

Die Granaten, welche die Geschütze der weichenden Russen über die Weichsel warfen, haben in Warschau wenig Schaden angerichtet. Eine von ihnen aber erfüllte das Schicksal des Chaim Pruzanski.

Die Frau mit der Kerze

Im Herbst 1915 quartierte ein sächsischer Divisionsstab sich in einem Schlosse ein, das einer altberühmten polnischen Magnatenfamilie gehörte. Das Schloß war verlassen. Auch die Dienerschaft war geflohen. Früher hatte ein russischer Divisionsstab dort gelegen, dann war es von mehreren Gefechten in Mitleidenschaft gezogen worden.

Es war ein Bau von klassizistischer Harmonie; man mochte an einen italienischen Meister denken. Aus älterer Zeit, vielleicht noch aus dem Mittelalter, stammte lediglich ein abseits stehender plumper Turm; er schien einige Gastzimmer enthalten, seit längerem aber unbewohnt gestanden zu haben.

Der als Ordonnanzoffizier zum Divisionsstab kommandierte Oberleutnant von Lipper, dessen Husarenregiment die Divisionskavallerie bildete, saß spät in der Nacht in einem leidlich erhaltenen Zimmer des Erdgeschosses, mit allerlei Schreibarbeit beschäftigt und in Erwartung telefonischer Meldungen. Dazwischen gerieten ihm die Gedanken durcheinander, und sein Kopf fiel gegen die Brust; fast den ganzen Tag und auch den größeren Teil der vorangegangenen Nacht war er zu Pferde gewesen. Rechts und links von ihm brannte je eine Kerze, die eine im Halse einer Burgunderflasche, die andere auf eine leere Zündholzschachtel geklebt. Mitunter, wenn das Telefon durch längere Zeit nicht geläutet hatte, stand Lipper auf, um sich zu ermuntern. Dann betrachtete er stumpf die an der Wand hängenden Ridingerschen Kupferstiche. Es waren ihrer vierzehn, meist mit zerschlagener Verglasung; sie gehörten zusammen und stellten den Ablauf einer fürstlichen Parforcejagd dar. Häufig sah er auf seine Armbanduhr, wobei er mit einer Bewegung von gewohnheitlicher Selbstgefälligkeit den linken Ärmel ein wenig zurückgleiten ließ. Um zwei Uhr wollte der Adjutant des Divisionskommandeurs ihn ablösen.

Ab und zu kam eine Ordonnanz und legte die Fernsprüche auf den Tisch, die in einem der Nebengebäude aufgenommen worden waren. Ab und zu trat Lipper ans Fenster und starrte in die von hurtigem Gewölk bestrittene Helligkeit der windigen Mondnacht. Das Zimmer lag an der Vorderfront des Schlosses, das Fenster ging auf die offene Säulengalerie, die dem Haupteingang vorgebaut war; oben trug sie eine Art Balkon. In dieser Galerie schritt ein Posten mit hochgeklapptem Mantelkragen auf und nieder. Rechter Hand, zwischen zwei Säulen hindurch, erfaßte der Blick des Oberleutnants den Turm, vor dessen Untergeschoß entlaubtes Gebüsch sich hinzog.

Lipper zündete sich, gewaltsam den Schlaf abschüttelnd, eine Zigarette an und machte sich seufzend an die Ausarbeitung eines Befehls, den er in der Frühe dem Divisionskommandeur zur Unterschrift vorzulegen hatte. Plötzlich schrak er zusammen. Es war ihm, als hätte er den Posten rufen hören.

Er sprang auf und eilte zum Fenster. »Halt! Wer da?« rief draußen der Posten. Die Stimme klang erregt, ja erschrokken. Gleich danach fiel ein Schuß.

Lipper hatte das Fenster erreicht und sah hinaus. Das erste, was er erblickte, war eine Frau, die von rechts her, aus der Richtung des Turmes kam und eben jetzt die Galerie betrat. Sie ging langsam und mit großer Gleichmäßigkeit der Schritte. Sie war dunkelgrau gekleidet und verschleiert. In der rechten Hand hielt sie eine brennende Kerze. Lipper, der ein scharfer Beobachter war, wunderte sich später, denn in diesen Augenblicken war ihm zur Verwunderung keine Zeit gewährt, darüber, daß ihre Schritte in der mit großen Steinplatten ausgelegten Galerie nicht hörbar wurden, und auch darüber, daß die Kerze nicht vom Winde ausgelöscht wurde, ja nicht einmal flackerte, so als stünde sie auf dem Tische eines geschlossenen Zimmers.

Der zweite Anblick, den des Oberleutnants Augen erfaßten, war der Posten, der, vom Fenster aus gesehen, links stand und auf den die Frau mit der Kerze sich zubewegte. Seine Stellung sowie die Haltung des bereits wieder abgesetzten Gewehrs ließen erkennen, daß er soeben geschossen hatte. Er hielt den Oberkörper vorgeneigt wie ein angestrengt Ausschauender und kehrte hierbei dem Offizier zur größeren Hälfte den Rücken zu. Lipper konnte nicht erkennen, welchem Anblick die Aufmerksamkeit des Mannes galt und wem sein Schuß gegolten hatte, denn zusammen mit der Säule, neben der er stand, fast sich gegen sie lehnend, sperrte der Posten ihm das Blickfeld. Nur dies war deutlich, daß er nach links schaute und geschossen hatte, und so meinte Lipper denn, er werde die Frau mit der Kerze nicht wahrgenommen haben; es mußte also neben jener noch eine andere Außerordentlichkeit vorhanden sein.

Mit dem Anblick, der die Aufmerksamkeit des Postens in einer so entschiedenen Weise an sich kettete, war jetzt offensichtlich eine Veränderung vor sich gegangen. Plötzlich riß der Mann das Gewehr hoch und gab einen zweiten Schuß ab, vielleicht eine halbe Minute nach dem ersten. Darauf machte er einige Bewegungen, die dem Oberleutnant nicht deutlich wurden. Dann schrie er auf, taumelte zwei Schritte rückwärts und stürzte zu Boden.

Hiermit war der Ausblick für den Oberleutnant frei geworden, doch gewahrte dieser nichts als die Säulen und die hinter ihnen im mondigen Halbdunkel verschwimmenden Gartenbüsche. Er nahm sich auch nicht die Zeit zu langem Ausspähen, sondern stürzte in das anstoßende, ihm als Quartier dienende Zimmer, riß die Pistole vom Nachttisch und entsicherte sie im Laufen. Er hatte drei Räumlichkeiten zu durchqueren, bis er die zur Säulengalerie führende Tür erreichte. Als er endlich draußen war, ließ sich von der Frau mit der Kerze nichts mehr sehen. Der Posten lag am Boden, ein paar Leute von der Stabswache waren um ihn beschäftigt; sie redeten aufgeregt durcheinander. Lipper warf es sich vor, daß er den Umweg zur Tür gemacht hatte, statt durchs Fenster zu springen. Er fragte umsonst, die Leute hatten nur das Schießen gehört und wussten von nichts. Einer hatte dem Liegenden Mantel und Waffenrock geöffnet und tastete an seiner Brust herum. »Ist er tot?« fragte ein anderer.

Die beiden Schüsse hatten den ganzen Stab alarmiert. Immer mehr Männer kamen dazu, Offiziere und Mannschaften. Auch der Divisionskommandeur, Generalmajor Bohle, erschien; er war ohne Mütze und Waffenrock und trug den Mantel über die Schultern gehängt, das Hemd schimmerte vor. Gleich nach ihm war der Divisionsarzt zur Stelle.

Betroffen, ja verstört, hatte Lipper noch nicht in Erfahrung gebracht, was geschehen war, noch sich über die eigenen Wahrnehmungen äußern können, als drinnen das Telefon läutete. Er hätte es gern noch eine Weile läuten lassen, doch war dies mit Rücksicht auf die Anwesenheit des Generals nicht möglich. Er eilte hinein und nahm mitschreibend eine längere Meldung entgegen, der eine zweite und dritte folgte. Die Brigade wollte dies wissen, der Artilleriekommandeur jenes. Vom Armeekorps kam eine umständliche

Anfrage, die sich auf Requisitionen bezog und ebensogut bis zum nächsten Tage Zeit gehabt hätte oder, wie Lipper meinte, bis zum Friedensschluß. Aber offenbar waren für minder belangvolle Dinge die Leitungen erst jetzt frei geworden.

Es machte dem Oberleutnant Mühe, seine Gedanken auf diese Meldungen und Anfragen gerichtet zu halten. Im Anfang sprangen ihm immer wieder die sonderbaren Vorkommnisse auf der Galerie dazwischen, die Frau mit der Kerze, die Schüsse, der Schrei und Niederfall des Postens – was war da geschehen? Aber wie stark es ihn lockte, hinter die Hergänge zu kommen, von denen er auf so befremdliche Art einen Teil hatte wahrnehmen dürfen, so unmißverständlich fühlte er auf der anderen Seite sich gewarnt, allzusehr in ihre Nähe zu geraten. Gleich vielen Menschen überkam ihn gelegentlich wohl eine Ahnung davon, daß der Umfang der Welt größer war als der von ihm bewältigte Ausschnitt. Aber diese Ahnung hatte etwas Bedrückendes, als werde ihm von hier aus Versäumnis und Unzulänglichkeit vorgeworfen. Und wenn Lipper sich in jenem Gleichmaß zu behaupten wußte, dessen der Mensch zu bedürfen meint, um auf die rechte, das heißt auf die seinen Wünschen gegenüber nachgiebigste Art durch das Leben zu kommen, so gelang ihm das, dies fühlte er dunkel, nur dadurch, daß er solcher Ahnung nicht nachgab, sondern sie zu verleugnen und zu unterjochen beflissen war. Lipper war feige, und zwar von jener Feigheit, die bei Militärpersonen so häufig zu beobachten ist, nämlich beherrscht von der Furcht davor, auf den Grund zu stoßen, dem Gedanken standzuhalten, aus der begrenzten, behüteten, angenehm überschaubaren Vorstellungswelt, in der sie es sich wohnlich machten, hinausgerissen und der Wildheit, der Dämonie, der Regellosigkeit des Unüberschaubaren entgegengeworfen zu werden. Da nun aber die Furchtlosigkeit sich ihnen als die oberste Tugend darstellt, helfen sie sich damit, daß sie allen Mut, dessen sie fähig sind, innerhalb dieser umschriebenen Vorstellungswelt entfalten. Da sagt man ihnen denn rühmend, sie seien furchtlos, und sie dürfen das auch von sich selber sagen, und zwar durchaus rechtmäßigerweise, sobald man nur die erwähnte Einschränkung nicht aus dem Blick entläßt. Vielleicht übrigens ist es eine fast unbillige Forderung, wenn man von einem Manne verlangt, er solle zweierlei Mut aufbringen.

Hier also lag die Ursache dafür, daß Lipper seiner erregten Wißbegier zum Trotz sich so willig und fast wie ein Schutzbegehrender von der trockenen Tatsächlichkeit seines Telefondienstes einsaugen ließ, hinein in Bereiche, die von solchen Vorfallenheiten nichts wußten noch zu wissen hatten. Und doch, da ja der Mensch ein widersprüchliches Wesen ist, überkam ihn dazwischen ein lebhaftes Gefühl der Genugtuung darüber, daß er selber als einziger Augenzeuge mehr als jeder andere zur Aufhellung der rätselhaften Ereignisse beizutragen vermochte. Ja, wenn seine Gedanken augenblicksweise abschweiften, dann malte er sich aus, wie er bei der ersten Gelegenheit dem General seine Wahrnehmungen berichten wollte, es sei nun in Form einer Meldung oder im Rahmen eines Tischgesprächs, und wie ihm das in den Augen des Divisionskommandeurs vor allen anderen Offizieren des Stabes ein besonderes Ansehen werde verschaffen müssen.

Als der Apparat endlich Ruhe gab, war es im Schloß wieder still geworden. Von der Galerie klangen Postenschritte wie zuvor, nur daß es jetzt ein kleiner, rundlicher Mann war, den Lipper gelegentlich am Fenster vorüberwandern sah.

Die Uhr ging auf zwei, Lipper machte sich wieder an den auszuarbeitenden Befehl. Wenn der Adjutant kam, um ihn abzulösen, würde er erfahren, was sich ereignet hatte. Doch beschloß er in jener wohlberechnenden Höflingsgeschmeidigkeit, wie sie in allen militärischen Stäben notwendigerweise sich entwickelt, dem Adjutanten die eigenen Wahrnehmungen vorzuenthalten, damit nicht ein anderer ihm mit deren erster Mitteilung beim General den Rang ablaufe.

Endlich erschien der Adjutant. Lipper ließ sich erzählen. Es war eine dunkle und verworrene Angelegenheit.

Der Divisionsarzt, so berichtete der Adjutant, hatte den Posten erst an Ort und Stelle flüchtig untersucht, dann ihn in ein Zimmer schaffen lassen und die Untersuchung bei Licht fortgesetzt. Er fand keine Spur einer Verletzung. Der Mann lebte, schien sich aber in einer Ohnmacht oder, genauer gesprochen, in einem starrkrampfartigen Zustand zu befinden, welcher dem Arzt Verlegenheit bereitete. Inzwischen waren der Schloßpark und das angrenzende Gelände durchstreift und abgesucht worden; nichts Auffälliges hatte sich gefunden.

Der Posten war ein Oberlausitzer Kleinbauer namens Mutsche, Landwehrmann und Familienvater, ein kräftiger, hellblonder Mensch mit wendischen Gesichtszügen. Hauptmann Schwebel, der Kommandant des Stabsquartiers, gab ihm das beste Zeugnis; er sei anstellig, ruhig und gewissenhaft. Auch der Wachthabende, ein Gefreiter, wurde seinethalben befragt. Der Divisionsarzt verlangte unter anderem zu wissen, ob Mutsche vor den Kameraden über körperliche Beschwerden geklagt habe oder ob ihnen, bevor er aufzog, irgend etwas an ihm aufgefallen sei. Beide Fragen wurden verneint.

Unter Beihilfe des Sanitätsfeldwebels, der ihm als Schreiber diente und die Handgriffe seiner eigentlichen Bestimmung ein wenig vergessen zu haben schien, nahm nun der Divisionsarzt mit dem Bewußtlosen allerlei vor, was in solchen Fällen hergebracht ist. Endlich kam Mutsche zu sich, doch ging dies Zusichkommen stufenweise vonstatten, und es dauerte noch eine Weile, ehe er zum Sprechen gebracht werden konnte.

Es war schwer, aus seinen Äußerungen, die am Anfang wenig Zusammenhang hatten, ein Bild der Vorgänge zu gewinnen; als es sich zuletzt dennoch einstellte, war es abenteuerlich und zur Ungläubigkeit anreizend.

Mutsche, immer noch in der Nachwirkung eines erlittenen Schreckens, besser gesagt: eines Entsetzens, über das er noch nicht Herr werden zu können schien, sagte aus, er habe plötzlich von links her eine weiß gekleidete Frauengestalt auf sich zukommen gesehen.

»Eine weiße? Von links?« unterbrach Lipper. Der Adjutant bestätigte mit einer flüchtigen Verwunderung und erzählte weiter.

Diese Gestalt habe sich, so behauptete Mutsche, langsam und sehr gleichmäßig bewegt; ihre Schritte seien nicht zu hören gewesen. Schon im ersten Augenblick habe er eine merkwürdige Empfindung des Befremdens gehabt. Er drückte sich mit einer volkstümlichen, aber recht einprägsamen und bezeichnenden Wendung aus. Nämlich er sagte: »Es war mir zumut wie einem Irrgänger.« Und bei diesen halblaut gesprochenen Worten schüttelte er sich ein wenig, so als fasse das Grauen abermals nach seinem Herzen.

Mutsche rief die Frau an. Sie schien es nicht gehört zu haben oder nicht beachten zu wollen. Er wiederholte den Anruf noch zwei Male, dann schoß er, wie die Vorschrift es verlangte. Sie war nicht weiter als dreißig bis vierzig Schritte entfernt, ihre helle Kleidung mußte der Sicherheit des Schusses zugute kommen, es war Mutsche unbegreiflich, daß er sie gefehlt haben sollte. Aber sie ging weiter, unerklärbarer- und schrecklicherweise, und so unberührt, als habe sie den Schuß nicht einmal wahrgenommen. Jetzt spürte er kalten Schweiß auf der Stirn, zugleich aber war es ihm, als bewege sich von rückwärts her ebenfalls ein Schrecknis auf ihn zu. Ja, dies noch Unerblickte schien die heftigere Kraft des Grauens auszusenden. Mutsche wandte mit einer sehr geschwinden Bewegung den Kopf über die Schulter und gewahrte in dieser Sekunde – denn es scheint zweifelhaft, ob von Sekunden gesprochen werden darf – eine von rechts herkommende Frau. Sie schien ihm verhüllt, grau gekleidet und trug etwas Leuchtendes in der Hand. So zwischen zwei bedrohende Seltsamkeiten gestellt, schwankte er für die Dauer eines Atemzuges. Dann wandte er sich der ersterblickten Gestalt zu und schoß nun auf eine noch geringere Entfernung zum zweiten Male. Auch dieser Schuß hinderte die Frau nicht, ihren gleichmäßigen und vollkommen geräuschlosen Gang fortzusetzen. Mutsche gab nun keinen weiteren Schuß mehr ab, sondern in einer Geschwindigkeit des Entschlusses und der Ausführung, wie nur ein außerordentlicher Augenblick sie gestattet und zugleich verlangt, riß er das Seitengewehr heraus und pflanzte es auf. Jetzt war sie dicht vor ihm, er hielt ihr die gefällte Waffe entgegen, willens, sie anzuhalten oder auflaufen zu lassen. Aber auch damit hatte er ihr kein Hindernis gesetzt. Im nächsten Augenblick empfand er ein schauriges Kältegefühl, es war ihm, als müsse er durch etwas Fremdstoffiges hindurch, oder vielmehr, als gehe dieses durch ihn hin. Er schrie auf und verlor das Bewußtsein.

Man mochte fragen, sagen, einwenden, was man wollte,

Mutsche blieb bei seiner Darstellung. Von der grau gekleideten Frau hatte er nichts weiter wahrgenommen.

Der General wollte wissen, ob er getrunken habe. Mutsche, der jetzt wieder aufrecht stand und um eine gute Haltung bemüht war, verneinte, und der Divisionsarzt schloß sich dieser Verneinung an, indem er sagte, sein Atem sei rein.

Der General stellte noch einige Fragen, ohne Schärfe zwar, aber in sichtlichem Unbehagen. Schließlich wurde Mutsche entlassen. Er war zuletzt wieder ruhig gewesen, seine Antworten hatten jene Genauigkeit und Kürze, auf welche beim Militär Wert gelegt wird, und doch war seinem Gesicht, insbesondere den schmalen, ein wenig tiefliegenden Augen, noch die erlittene, bis in den Kern seines Wesens reichende Erschütterung anzumerken.

Die Offiziere sprachen noch eine Weile über den Vorfall. Man suchte nach Erklärungen, der eine oder andere deutete auf ähnliche Geschehnisse hin, von denen er hatte erzählen hören, es wurde von Hellsehern und Halluzinanten geredet.

An diesem Gespräch beteiligte sich in einer etwas knurrigen und doch wiederum nachdenklichen Art auch der Divisionskommandeur. Schließlich sagte er zu Schwebel: »Zu bestrafen ist da wohl nichts. Aber lassen Sie den Mann ablösen und schicken Sie ihn zu seinem Regiment zurück. Es ist mir nicht behaglich, Leute mit solchen Eigentümlichkeiten in meiner Nähe zu haben.«

Er sagte das in leidlicher Ruhe, plötzlich aber gewann die Verdrießlichkeit über diese Ruhe die Oberhand, und er rief: »Wahnvorstellungen und hysterische Geschichten, das hat mir gerade noch gefehlt! Gute Nacht, meine Herren!«

An diesen Bericht schloß der Adjutant noch einige Erörterungen, die wohl im wesentlichen auf den zuvor im Gespräch laut gewordenen Ansichten fußten. Dann fragte er: »Haben Sie eigentlich nichts bemerkt, Lipper? Die ganze Geschichte muß sich doch ungefähr vor Ihrem Fenster abgespielt haben.«

Der Oberleutnant zögerte einen Augenblick. Dann sagte er achselzuckend: »Eine sonderbare Angelegenheit! Natürlich, ich habe die beiden Schüsse gehört und den Kerl stürzen gesehen. Nein, sonst habe ich nichts wahrgenommen. Ich saß ja auch fast die ganze Zeit am Tisch, den Hörer am Ohr.«

Wenn Lipper sich vorhin nur um seiner selbst und um des erhofften Eindrucks willen vorgesetzt hatte, seine Wahrnehmungen zur Kenntnis des Generals zu bringen, so fühlte er während der Erzählung des Adjutanten mit aller Klarheit, daß er die Pflicht hatte zu sprechen, um Mutsches fälschlicherweise angezweifelter Glaubwürdigkeit zu ihrem Recht zu verhelfen und den Makel einer hysterisch, einer weibisch zügellosen Einbildungsgabe von ihm zu nehmen. Kaum aber hatte der Adjutant ihm des Generals letzte Äußerungen wiedergegeben, als ihm deutlich wurde, daß er Gefahr lief, selber in der Nähe dieser zwielichtigen, auf so unbehagliche Art die Ahnung jenes größeren Weltumfanges heraufbeschwörenden Dinge erblickt zu werden. Der General hatte unwillig von Wahnvorstellungen und hysterischen Geschichten gesprochen und Mutsches Rücksendung zu seinem Regiment befohlen. Konnte da er selber es wagen, sich zu den eigenen Beobachtungen zu bekennen und sich einem ähnlichen Unwillen auszusetzen? Sollte er als Hysteriker und Phantast dastehen? Und am Ende liefe er Gefahr, gleich Mutsche zu seinem Regiment zurückgeschickt zu werden und damit einer vielbeneideten und für seine ganze Laufbahn wertvollen Kommandierung verlustig zu gehen.

Er war augenblicks zum Schweigen entschlossen, und sofort neigte er auch zu der Meinung, er habe sich im Halbschlaf befunden, und was er zu sehen geglaubt, dies sei nichts gewesen als ein Erzeugnis seines übermüdeten und traumbefangenen Hirns. Dem widersprach freilich der Umstand, daß die Frau mit der Kerze auch von Mutsche erblickt worden war – aber zum Teufel, war er, Lipper, etwa dazu bestellt, die Widersprüche des Weltgefüges aufzuklären? Er hatte, weiß Gott, anderes zu tun.

Der Adjutant wünschte ihm jetzt eine angenehme Ruhe und setzte sich an den Tisch. Lipper ging in sein Zimmer und legte sich nieder. Aber nun, da der so sehnlich herbeigewünschte Augenblick der Einkehr in den Schlaf gekommen war, fand er sich in einem überwachen Zustande. Nach kurzem sprang er wieder auf und begann rauchend hin- und herzugehen.

Das Zimmer war noch warm, obwohl das von seinem Burschen angelegte und sorgsam genährte Feuer erloschen war. Vor dem weißen Kachelofen lagen Holzscheite und Papiere wirr durcheinander. Lippers Blick blieb auf einem violetten Samt haften. Er bückte sich und hob ein mit silbernen Schließen verziertes Buch auf. Er trat an den Nachttisch, der die Kerze trug, und öffnete es.

Viele Seiten fehlten, der Bursche mochte sie zum Feueranmachen herausgerissen haben. Die erhalten gebliebenen waren handschriftlich beschrieben, in französischer Sprache und mit einer blaß gewordenen Tinte. Die Züge waren altmodisch und schmächtig; es litt keinen Zweifel, daß sie von einer Frauenhand herrührten. Die den einzelnen Abschnitten vorangestellten Datierungen ließen erkennen, daß es sich um ein Tagebuch handelte, welches vor rund einem halben Jahrhundert geführt worden war.

Lipper legte sich wieder hin und geriet allmählich vom Blättern in ein Lesen. Sein kümmerliches Kadettenhausfranzösisch erschwerte ihm mitunter das Verständnis, ohne es indessen auszuschließen. Bald hatte er erfaßt, daß die Schreiberin ein junges Mädchen, eine Braut und danach eine junge Frau gewesen und durch ihre Heirat zur Herrin des Schlosses geworden war.

Es ist keine Ursache gegeben, dem Inhalt dieses Tagebuchs eine weitergreifende Aufmerksamkeit zuzukehren; einzig eine Stelle wird einen solchen Anspruch erheben dürfen. Sie besagte das folgende.

Etwa eine Woche nachdem die junge Frau, welche die ersten Ehemonate mit ihrem Manne auf Reisen und in Warschau verlebt hatte, zu Beginn der guten Jahreszeit auf das ländliche Schloß übergesiedelt war, begegnete sie in der Säulengalerie des Nachmittags zwischen drei und vier Uhr einer ihr unbekannten dunkelgrau gekleideten Frau. Die Gräfin nahm zuerst an, sie werde zu dem vielzähligen Schloß- und Gutspersonal gehören, mit dem sie noch nicht gänzlich vertraut geworden war, oder mit irgendeinem Anliegen an ihren Mann aus der Nachbarschaft gekommen sein. Und doch wohnte der ganzen Erscheinung etwas Befremdendes inne, das zu solchen Annahmen nicht recht stimmen wollte. Auch schien die Frau auffälligerweise nicht gesinnt, von der Gegenwart der Gräfin irgendeine Kenntnis zu nehmen. Übrigens war sie altmodisch gekleidet, trug eine Haube und hatte einen eigentümlich starren Gesichtsausdruck.

Die beiden hatten sich einander bis auf wenige Schritte genähert, als die Gräfin einen kühlen Schauder empfand; gleich danach bemerkte sie, daß sie allein war. Sie drehte sich um, sie sah nach allen Seiten, aber die Frau war nicht mehr zu erblicken.

Nun packte sie ein Grauen, sie rannte davon, lief einige Parkwege auf und ab und ließ sich zuletzt, atemlos und fast zitternd, auf einer Bank nieder. Sie sammelte sich und meinte, sie könne sich doch unmöglich durch irgendein Frauenzimmer, es sei, wer es wolle, aus dem eigenen Hause vertreiben lassen. Doch hatte sie eine Scheu, die Säulengalerie zu betreten, und so bediente sie sich eines der rückwärtigen, zu den Wirtschaftsräumlichkeiten führenden Eingänge. Auf dem Korridor begegnete sie der Wirtschafterin, einer gutmütigen, offenen und tatkräftigen Person, die ihr vom ersten Augenblick angenehm gewesen war. Sie zog sie auf die Seite und erzählte ihr Erlebnis.

Ohne eine Verwunderung blicken zu lassen, hörte die Wirtschafterin ihr zu und fragte dann unbefangen, ob die Frau weiß oder grau gekleidet gewesen sei. »Wir haben hier nämlich zwei«, sagte sie, »eine weiße und eine graue Dame.«

»Ach, die war es«, fuhr sie fort, nachdem die Gräfin ihr Auskunft gegeben hatte. »Manchmal ist sie auch verschleiert und bei Nacht kommt es vor, daß sie eine brennende Kerze in der Hand hält. Aber es ist nur gut, daß gnädigste Frau Gräfin mit ihr allein zusammengetroffen sind, denn die Leute sagen, wer beiden zugleich begegnet, der muß in wenigen Tagen sterben.«

Die Gräfin zuckte zusammen, aber die Wirtschafterin sagte tröstend und mit einem fast mütterlichen Lächeln: »Da muß man sich nicht ängstigen, wir sitzen alle hinter Gottes Rücken.«

Sie fuhr fort, der Gräfin zuzureden, und diese, durch die Natürlichkeit der Wirtschafterin zu jenem Weltvertrauen, das ihren Jahren entsprach, zurückgeführt, fragte nun, was es mit den beiden Frauen auf sich habe und wofür man sie erkennen wolle.

»Ach, das geht noch auf die Herrschaften aus der alten Zeit zurück«, antwortete die Wirtschafterin. »Die eine soll die Frau und die andere die Geliebte gewesen sein. Es heißt, sie hätten sich gegenseitig umgebracht, aber davon weiß man wohl nichts Sicheres.«

»Das müßte also gewesen sein«, so schrieb die Gräfin in ihr Tagebuch, »lange bevor die Familie meines Mannes hierherkam. Ich fragte ihn nachher beim Tee, aber er lacht über so etwas und denkt nur an die neuen landwirtschaftlichen Methoden aus England.«

Das Gelesene versetzte den Oberleutnant in einen Zustand der heftigsten Erregung. Alles, was ausläuferhaft aus der riesigen Dunkelheit der Welt sich auf den winzigen erhellten und geordneten Ausschnitt zubewegte, in welchem er heimisch war, wollte ihn in einer nie zuvor erfahrenen Weise bedrohen.

Er sprang auf, lief umher, legte sich wieder hin, erhob sich abermals. »Ist das alles Wahnsinn?« fragte er sich. »Leide ich denn an hysterischen Phantasien? Nein, da steht es doch schwarz auf weiß! Aber wie, wenn ich nun ebenso wie Mutsche beide Frauen gesehen hätte? Müßte ich dann sterben? Wird Mutsche jetzt sterben? Und wenn ich nun alle Zusammenhänge aufdeckte, könnte ich ihn davor bewahren? Aber das wäre ja noch schöner, wenn ich mich darüber aufregen wollte, daß ein Soldat sterben muß. Schließlich ist Krieg, ich hätte auch draufgehen können, als ich voriges Jahr meinen Schuß bekam. Eigentlich ein Wunder, daß sie mich damals so schnell wieder zurechtgeflickt haben. Was geht mich denn Mutsche an? Das ist doch alles dummes Zeug. Der General hat ganz recht: Wahnvorstellungen und hysterische Geschichten, das hat uns gerade noch gefehlt!«

Eine Weile noch schüttelte es ihn hin und her, dann

brachte er es fertig, mit einer gewaltsamen Anstrengung seines Willens sich hinter den militärischen Lebensumzäunungen in Sicherheit zu bringen und ganz besonders in jenen, die in seinem augenblicklichen Dienstverhältnis vorherrschten.

»Was da eigentlich los ist, das geht mich doch gar nichts an. Darum habe ich mich überhaupt nicht zu kümmern. Das alles ist gar nicht schlimm, ganz im Gegenteil, es ist vielmehr ausgezeichnet. Jawohl, ganz ausgezeichnet ist es! Ich werde dem General die Tagebuchstelle zeigen, damit bringe ich ihm etwas, das ihn interessiert oder unterhält, und ich bringe es ihm, ohne mich im geringsten bloßzustellen. Ich mache ihm damit Eindruck, er wird sich sagen: ›Doch ein findiger Kerl, dieser Lipper, zu allem brauchbar! Was er da wieder aufgetrieben hat, und obwohl es französisch ist, er hat es sofort herausbekommen ...‹ Nur, natürlich die richtige Gelegenheit muß ich abpassen, nicht mit der Tür ins Haus fallen, es braucht ja nicht gleich morgen zu sein, und ich kann ja immer sagen, ich hätte das Tagebuch eben erst gefunden.«

Eine Weile beschäftigten ihn noch diese Gedanken, von denen nun eine wohlige, ruhevolle Sättigung auszugehen begann. Endlich löschte er das Licht und schlief ein.

Die Gelegenheit bot sich am übernächsten Tag. Die Division war wieder im Vormarsch, und der Stab hatte im Morgengrauen das Schloß verlassen. Am Nachmittage saß der General mit einigen Offizieren bei einer hastig hergerichteten Mahlzeit unter einem Birnbaum an der Landstraße. Die Sonne schien warm. Der General war gut gelaunt, alles hatte sich plan- und befehlsgemäß entwickelt, und es war nun eine jener kurzen, zwischen zwei Vorgängen ungefüllt liegenden Zeitspannen, wie sie im Kriege so häufig sind.

Lipper hielt den Augenblick für gekommen und begann von dem Tagebuch zu erzählen. Doch sprach er davon in einer Weise, die den Anschein erwecken mußte, als sei es erst am Vorabend in seine Hände geraten und als habe er nur einen flüchtigen Blick hineingeworfen; denn er mochte nicht den Eindruck hervorrufen, seine dienstlichen Obliegenheiten ließen ihm Muße, in alten Tagebüchern herumzustöbern.

Zweifelnd und neugierig zugleich äußerte der General, wie Lipper es erwartet hatte, den Wunsch, mit jener Tagebuchstelle bekannt zu werden. »Haben Sie es da?« fragte er.

»Jawohl, Herr General«, antwortete Lipper. »Ich habe es mitgenommen, ich dachte, es würde Herrn General vielleicht interessieren.«

Er holte das Buch aus seiner Kartentasche und schlug es rasch auf, denn er hatte einen Papierstreifen als Zeichen hineingelegt. Dann begann er mit seiner etwas unbeholfenen Aussprache vorzulesen.

»Ach, machen Sie es lieber gleich deutsch«, sagte der General lächelnd. »Das Französische hat mir schon im Fähnrichsexamen beinahe den Hals gebrochen.«

Lipper, der sich sorgfältig vorbereitet hatte, übersetzte nun flüssig und ohne ein einzigesmal zu stocken. Dazwischen mußte er die Stimme heben, wenn das nicht zu ferne Artilleriefeuer an Stärke zunahm.

Der General hörte sehr gespannt zu, und die Spannung hatte sich auch den übrigen Hörern mitgeteilt.

Als Lipper geendet hatte, verharrte der General eine Zeitlang in einem nachdenklichen Schweigen. Dann rauchte er eine seiner dicken, schwarzen Zigarren an, und es war Lipper nicht gelungen, dem neben dem Divisionskommandeur sitzenden Generalstäbler mit dem Darbieten seines Feuerzeuges zuvorzukommen.

Endlich hob der General sein Gesicht und sagte: »Das mag nun zusammenhängen, wie es will, es bleibt eine außerordentliche Geschichte, und ich fürchte, wir haben dem Mann – wie hieß er doch gleich?«

»Mutsche, Herr General.«

»... also wir haben dem Mutsche unrecht getan. Oder vielmehr ich. Die Sache muß in Ordnung gebracht werden. Ich will nicht, daß etwas an ihm hängenbleibt. Bei seinem Truppenteil werden sie ja denken, er mag hier weiß Gott was angestellt haben, daß er so plötzlich abgelöst worden ist.«

Er wandte sich nun an den Hauptmann Schwebel und verlangte noch einiges über Mutsche zu wissen. Schwebel gab Auskunft. Mutsche habe bereits seine drei Brüder verloren, einen Reservisten, einen aktiven Sergeanten und einen Kriegsfreiwilligen. Um ihn als letzten der Familie zu schonen, hatte der Adjutant seines Regiments ihm die Kommandierung zum Divisionsstabe verschafft.

Der General bekam einen roten Kopf. »Warum hat mir das niemand gesagt?« rief er zornig und sah den Hauptmann Schwebel scharf an, unvermögend, sich klarzumachen, daß er ja in jener Nacht nicht gestimmt gewesen war, Mitteilungen von solcher Art entgegenzunehmen. »Glauben Sie vielleicht, meine Herren, ich will eine Familie ausrotten? Rufen Sie doch gleich das Regiment an, Lipper, der Mann soll wieder zur Stabswache zurückkommandiert werden.«

Lipper ging zum Apparat, der sich auf einer kleinen Wiese unweit des Birnbaums befand.

Die Röte aus Hauptmann Schwebels Gesicht verschwand

nur langsam. Der Generalstäbler sah ein wenig spöttisch und geringschätzig vor sich hin, so als wünsche er die übrigen Offiziere merken zu lassen, daß er das Verhalten des Divisionskommandeurs nicht zu billigen vermöge: Die telefonische Verbindung mit jenem Regiment war eben erst hergestellt worden, und es ließ sich leicht denken, daß man beim Regiment im Augenblick dringlichere Fragen kennen werde als die der Abkommandierung eines beliebigen Mannes.

Nach einiger Zeit kam der Oberleutnant zurück und meldete: »Der Mann ist gestern gefallen, Herr General.«

Der General sah betroffen in Lippers verstörtes Gesicht. Dann runzelte er die Stirn und sog heftig an seiner Zigarre, ohne ein Wort zu sagen.

Den ganzen Tag über und noch in manchen Stunden und schließlich Augenblicken der nächsten Tage empfand Lipper ein dunkles Schuldgefühl. Umsonst setzte er ihm vor sich selber die Behauptung entgegen, er habe sich nichts vorzuwerfen, es sei Krieg, da könne jeder fallen und einen Anspruch auf Schonung gebe es für niemanden. Um sein Gewissen zu beruhigen, nahm er sich vor, sich später nach Mutsches Hinterbliebenen zu erkundigen und sich ihrer anzunehmen. Er vergaß es im Schwall der nächsten Jahre. Übrigens starb er selber kurz nach Kriegsende in englischer Gefangenschaft an einer Grippe.

Drei Sterne

Ein Todesfall innerhalb der weitverzweigten Familie Dalmann in Riga gab Gelegenheit zu einer Erbteilung, bei welcher dem Advokaten Herbert Dalmann unter anderem eine Kiste mit allerlei alten Familienpapieren zufiel. Dalmann war ein tätig der Gegenwart und ihren gewerblichen Aufschwüngen zugewandter Mensch, der für die Vergangenheit sowohl der eigenen Familie als auch der Welt überhaupt zwar eine höfliche Ehrerbietung, indessen keine Teilnahme hatte. Die Kiste kam uneröffnet auf den Boden seiner in der Altstadt gelegenen Wohnung und stand dort durch mehrere Jahre in einer Ecke.

Einige Monate nach seinem Tode siedelte die Witwe mit den noch unerwachsenen Kindern in ein einstöckiges Holzhaus an der Ecke der Schulen- und Säulenstraße über. Es war ein geräumiges Gebäude von vorstädtischer Behaglichkeit und mit einem recht ausgedehnten Garten.

In witwenhafter Art sich mit den Habseligkeiten des Gatten zu schaffen machend, geriet Kitty Dalmann schließlich auch an die Kiste, öffnete sie und musterte ihren Inhalt. Es erwies sich, daß dieser sich ausschließlich auf einen Großonkel ihres Mannes bezog, den im Jahre 1812 an den Folgen einer Verwundung zu Riga verstorbenen Husarenoffizier Georg Adam Dalmann. Sie erinnerte sich gleich eines ovalen, goldgerahmten Porträts, das ein Vetter ihres Mannes über seinem Schreibtisch hängen hatte; es zeigte einen jungen Menschen in brauner, silberverschnürter Attila, mit dem Georgskreuz geschmückt. Die Arme waren über der Brust gekreuzt, neben ihm lag auf einem Tischchen ein Handschuhpaar und die Pelzmütze mit dem Federbusch.

Dies Bild war angenehm in den Farben, aber in seiner heroisch-pathetischen Auffassung nicht ohne Theatralik; es blieb unentschieden, ob sich hierin nur die Manier des Malers und seiner Zeit oder auch das Wesen des Porträtierten ausdrückte. In jedem Falle lag über dem Bilde ein schwermütiger Reiz; es hieß, die Familie habe es bald nach Georg Adams Tode durch einen befreundeten Maler anfertigen lassen.

Die Kiste enthielt Bücher aus seinem Nachlaß, von ihm an verschiedene Familienmitglieder geschriebene, aber auch an ihn gerichtete Briefe, ein Stammbuch, ein Konfirmationszeugnis, sein Offizierspatent, den Text der Leichenpredigt, eine Schilderung seiner Bestattung im Dalmannschen Erbbegräbnis auf dem Petrikirchhof und ähnliche Erinnerungsstücke.

Frau Dalmann hatte Mühe, sich in den vergilbten, sehr eng beschriebenen Briefen zurechtzufinden. Die Tinte war vielfach verblaßt, die Handschriften trugen das schnörkelhafte Gepräge ihrer Entstehungsjahre und waren schwer lesbar, zum wenigsten für ein archivalisch ungeschultes Auge. Auch der Inhalt konnte die Witwe wenig ansprechen. Nach der Weise jener Zeit nahmen Tatsächlichkeiten und Erlebnisschilderungen den geringsten Raum ein. An ihrer Stelle hatten weitschweifige, an Wiederholungen reiche Seelenergießungen die Vorherrschaft. Allenfalls fühlte sie sich von einer Anzahl Briefe gefesselt, die eine weibliche Handschrift verrieten, statt eines Namens aber nur mit drei zierlich hingestrichelten Sternchen unterzeichnet waren. Es schienen Liebesbriefe voll leidenschaftlicher Gefühlswallungen; doch waren gerade sie sehr schwer zu entziffern.

Mittlerweile war es Frühling geworden, und die Annehmlichkeiten des Gartens konnten ausgenutzt werden.

Diese Annehmlichkeiten bestanden für die Frau des Hauses vorzüglich in einer Fliederlaube, die bald ihren Lieblingsplatz abgab, und für die Kinder in einem umfangreichen, nahezu gänzlich ihrer Willkür überlassenen Spielgelände. Nach der Straße zu war der Garten durch einen fast mannshohen Plankenzaun abgeschlossen; die einzige Pforte führte auf den Hof, um den einige nicht mehr benutzte Stall- und Wirtschaftsgebäude lagen. Vom Hause aus war der Garten durch die Verandatür zugänglich.

Unter den Spielen der Kinder behauptete in jenem Jahr das Graben und Bauen, wozu die bisherige Stadtwohnung keine Gelegenheit geboten hatte, den Vorrang. Sie zogen Gräben, sie legten Burgen und Höhlen an; schließlich richteten sie sich in einem viereckigen, tief ausgeschachteten Loch, das oben mit Knüppeln und Zweigen gedeckt wurde, einen förmlichen Wohnraum ein. Bei diesen Erdarbeiten kamen gelegentlich Dinge zum Vorschein, die lebhaft zur Einbildungskraft der Kinder sprachen, vermorschte Holzstücke, Knochen und Metallteile, in denen sie Überreste von Sargverzierungen zu erkennen meinten. Ein Besucher, der davon reden hörte, wollte wissen, es habe sich hier ehedem ein vorstädtischer Friedhof oder doch eine behelfsmäßige Begräbnisstätte befunden.

Frau Dalmann hatte sich gewöhnt, des Nachmittags mit ihrer Lektüre in der Fliederlaube zu sitzen. Diese Lektüre war durch die Öffnung jener Kiste bestimmt worden. Die mühselige Arbeit der Briefentzifferung hatte sie bald aufgegeben, dagegen begannen die Bücher sie zu fesseln. Es waren hübsche Bände im Geschmack jener Vergangenheit, einige zerlesen, andere noch wie neu. Sie fand Rousseau und Tristram Shandy, Hamann und Hippel, den Werther, Schlegels Lucinde, die Herzensergießungen eines kunstliebenden Klosterbruders, Quintus Fixlein, den Siebenkäs und Titan. In einige dieser Bücher hatte der Husar selbst seinen Namen geschrieben, andere aber wie der Werther, die Lucinde und die Schriften Jean Pauls trugen leidenschaftliche Widmungsworte von der Hand der Briefschreiberin, und auch sie waren nur mit jenen drei Sternchen unterzeichnet.

Die Welt dieser Bücher ergriff nun die Witwe mit einer wunderbaren Gewalt. Was ihr bisher eine Reihe lebloser Namen gewesen war und ein staubiges Nachhängsel aus den Unterrichtsstunden ihrer Mädchenjahre, das nahm nun zu ihrer Überraschung Duft, Klang und Farbe an, umgab sie mit seliger Heiterkeit und seliger Schwermut, mit dem bedeutungsreichen Blühen der Frühlingswildnis und den süßen Schauern umkränzter Gräber.

Der Flieder entfaltete sich zur Blüte; für die Bezauberung, die von den alten Büchern ausging, war kein angemessenerer Ort denkbar als die Laube. Und doch mußte Frau Dalmann sich zugeben, daß es hierbei ohne eine kleine Ärgerlichkeit oder Unbehaglichkeit nicht abging. Vielleicht, so meinte sie, lag diese in ihr selbst, und sie mußte ihrer Herr werden können. Es war ihr nämlich, als sei die Einsamkeit der Laube auf irgendeine Art beeinträchtigt, und sie vermochte doch nicht dahinterzukommen, wie das zugehen könnte; am ehesten noch fühlte sie sich an die lästige Empfindung erinnert, die sie in der Eisenbahn zu überkommen pflegte, wenn ein schlecht erzogener Mitreisender ihr ins Buch oder in die Zeitschrift hineinsah. Sie nahm sich vor, nicht daran zu denken, aber man weiß ja, was es mit solchen Vorsätzen auf sich hat. Die Empfindung trat stärker und schwächer auf; es kam auch vor, daß sie ganz ausblieb. Aber was nun die Bedingungen ihres Auftretens oder Ausbleibens waren, darüber konnte Frau Dalmann nicht zur Klarheit kommen. Sie war eine gesunde Frau und hatte immer einen Abscheu vor weiblichen Hysterien empfunden, daß sie sich jetzt von Einbildungen beunruhigen lassen sollte, das war nicht nur unangenehm, sondern zugleich beschämend, ja, erniedrigend. Sie dachte daran, die Laube zu meiden, aber sie war ihr nun lieb geworden, ja, mehr als lieb; es zog sie immer wieder hin, und zudem wäre es doch eine unstatthafte Nachgiebigkeit gegenüber einer Schwäche ihrer Nerven gewesen, wenn sie einem mißbehaglichen Gefühl den Platz geräumt hätte. Schließlich beruhigte sie sich mit dem Gedanken, der für den Juli geplante Strandaufenthalt in Majorenhof werde dieser törichten Empfindlichkeit ein für alle Male ein Ende machen.

Eines Spätnachmittags, es war etwa zwei Wochen vor der Übersiedlung an den Strand, hatte sie sich gerade mit dem »Siebenkäs« in der Laube niedergelassen, als ihr der Besuch einer Bekannten, einer ehemaligen Schulgenossin, gemeldet wurde. Sie ließ das Buch liegen, ging dem Gast entgegen und hieß das Mädchen den Abendbrottisch auf der Veranda decken.

Nach dem Abendbrot, die Kinder waren schon zu Bett geschickt, saßen die beiden Frauen noch plaudernd auf der Veranda, und die Witwe hatte Freude an diesem unbefangenen Zusammensein. Es war ein warmer, windstiller Abend, vom Garten her kamen allerlei Wohlgerüche; die Sonne war bereits untergegangen, die sommerlich zögernde Dämmerung hob eben an.

»Sieh doch, Kitty, da kommt ja ein Huhn auf dem Gartenwege«, sagte die Besucherin. »So spät? Habt ihr denn Hühner?«

»Nein«, antwortete die Witwe. »Wo denn? Ach ja, jetzt sehe ich es auch. Das ist doch merkwürdig. Es müßte vom Hof gekommen sein, aber sollte denn die Pforte offengestanden haben? Und wie kommt ein Huhn auf den Hof? Ich habe keine Hühner und der Hausknecht auch nicht.«

»Kitty!«, schrie in diesem Augenblick die andere und ihre Stimme verriet ein maßloses Entsetzen. »Kitty! Das ist ja kein Huhn! Kitty, das ist ja … sieh doch nur!«

Frau Dalmann war an die Verandabrüstung getreten und stützte sich auf das Geländer. Nein, was sich dort rasch trippelnd auf dem Gartenweg der Laube zu bewegte, das war kein Huhn. Jetzt kam es ganz nahe an der Veranda vorüber.

Frau Dalmann zitterte, und ihr Gast schmiegte sich an sie. Sie starrten beide auf den bleichen Totenschädel, dem die langen, dunklen Haare nachschleiften, sie unterschieden die schwarzen Augenhöhlen, die schwarzen Nasenlöcher …

Sie bebten beide noch, als der Totenkopf schon hinter einem den Weg säumenden Staudenbeet verschwunden war.

»Hast du gesehen, Kitty … die schönen kleinen Zähne, ordentlich geschimmert haben sie …«

»Ach was!« rief Frau Dalmann. »Das ist doch alles dummes Zeug! Und nun noch die Zähne! Ich bitte dich, wie hätte man denn eine solche Einzelheit erkennen können, selbst wenn es ein Schädel gewesen sein sollte? Aber es war kein Schädel, das ist doch ganz ausgeschlossen!«

»Was sonst, Kitty? Ein Huhn ist es nicht gewesen, ich schwöre dir, es war ein Totenkopf!«

»Wenn kein Huhn, dann war es eine Taube oder … was weiß ich? Mein Gott, was wir uns da eingebildet haben! Ordentlich Angst hat es mir gemacht. Komm, wir wollen ein Glas Wein trinken.«

So mutig sie sich zu geben suchte, der empfangene Schrecken hatte sie auch am nächsten Tage noch nicht völlig verlassen. Sie konnte sich nicht überwinden, die Laube zu betreten, und ließ das liegengebliebene Buch durch das Stubenmädchen holen.

Am Nachmittag saß sie auf der Veranda. Im Garten spielten die Kinder. Der älteste Sohn, ein Zwölfjähriger, kam lachend vorbeigelaufen, wie eine erbeutete Fahne einen langen Stock schwingend, und oben auf dem Stock saß ein Schädel.

Frau Dalmann schrie auf. Es war der Totenkopf von gestern, und das lange, dunkle Haar flatterte fahnengleich hinter ihm her.

»Manfred! Um Gottes willen! Was ist das? Wo hast du das her?« Sie sprang die Verandastufen hinunter und stürzte auf ihn zu.

»Aber, Mama«, sagte er mit seinem hübschen, überlegenen Lächeln, »wie kannst du dich nur so aufregen! Hinter dem Stall wird der Zaun zum Nachbargrundstück neu gemacht. Da sind zwei Arbeiter, die haben den Schädel gefunden, als sie die Löcher für die Pfosten aushoben.«

»Gib her«, sagte sie streng. »Ich will nicht, daß du damit spielst.«

Sie nahm ihm den Stock aus der Hand und schickte ihn fort. Es war ihr lieb, daß der Schädel auf dem Stock saß, so daß sie ihn nicht anzufassen brauchte. Sie hielt ihn lange in der Hand, sie sah auf die dunklen, lang herabhängenden Haare, auf die schön gemessene Stirn, auf die regelmäßigen, kleinen, perlenhaften Zähne, von denen kein einziger fehlte.

Sie wußte nicht, wo sie vorläufig den Schädel hintun sollte. Im Hause wollte sie ihn nicht haben, die Laube, die ihr als erstes eingefallen war, mochte sie jetzt nicht betreten. Schließlich legte sie ihn unter das Buschwerk neben der Veranda, brach ein paar Fliederzweige und deckte ihn damit zu.

Lange grübelte sie über das Erlebte nach. Es war ihr gewiß, daß zwischen all diesen Einzelgeschehnissen und Einzelwahrnehmungen eine Verbindung bestehen müsse. Und vielleicht war es gar nicht die Örtlichkeit der Laube gewesen, was diese Seltsamkeiten angezogen und offenbar gemacht hatte, sondern es hing mit den Büchern zusammen, mit den Briefen, mit Georg Adam Dalmann.

Plötzlich fiel ihr Tante Lisinka ein. Tante Lisinka Dalmann war ein uraltes Fräulein, über das man sich in der Verwandtschaft gern ein wenig lustig machte. Sie lebte zurückgezogen unter alten Bildern, alten Briefen und ererbtem Hausrat und hütete in einem Gedächtnis, das um anderer Dinge willen nur selten angestrengt worden war, die Überlieferungen der Familie Dalmann, wobei sie der strengen Meinung war, daß hierin von seiten der jüngeren Generation zu wenig geschehe. Sie lebte in der Vorstellung, daß nur einige, aber nicht sehr viele europäische Herrscherhäuser es wagen konnten, sich mit den Dalmanns zu vergleichen, und es war ihr ein lieber Gedanke, daß ein Dalmann mit König Gustav Adolf über die Kapitulation der Stadt Riga verhandelt, daß Peter der Große oft bei dessen Urenkel, dem Bürgermeister Christoph Dalmann, gespeist, ihn seinen Freund genannt und sich von der Bürgermeisterin das Rezept einer Neunaugenpastete ausgebeten hatte. Sie beherrschte den Klatsch dreier Menschenalter, und es machte sie glücklich, wenn jemand in einer alten Familienfrage eine Auskunft von ihr verlangte.

Sie empfing jetzt Kitty mit zeremoniöser Herzlichkeit. Wie es sich zeigte, wußte sie ganz genau, daß jene Kiste damals dem Advokaten zugesprochen worden war; sie konnte es sich nicht versagen, eine kleine, noch immer nicht behobene Verstimmung darüber erkennen zu lassen. »Ich bitte dich, Kittychen, dein lieber seliger Mann hatte ja so viel andere Dinge im Kopf zu haben ...«

Die Witwe beabsichtigte nicht, Tante Lisinka etwas von ihren Erlebnissen mitzuteilen. Aber es bedurfte dessen auch nicht, denn die bloße Nennung des Namens Georg Adam genügte, um sie zum Erzählen zu bringen.

Da war nun von unendlichen Einzelheiten die Rede, und zum Schluß hieß es:

»Ja, und denke dir, Kittychen, da war dann noch so eine Geschichte, heute kann man ja ruhig darüber sprechen. Wie das Mädchen hieß, ist einerlei, sie stammte aus dem Auslande, irgendwo aus Preußen oder Sachsen. Sie war Gouvernante im Wieckenschen Hause, Mary Gripens Großmutter und Hanning Warendorps Urgroßtante, weißt du, die alte Ringenkampff, ich kann mich gut an sie erinnern, die sind noch von ihr erzogen worden. Bestimmt war sie sehr gebildet, aber wohl auch schwärmerisch, damals war das nicht anders, und sehr eingenommen für die Literatur. Sie muß Onkel Georg Adam wohl sehr geliebt haben, sie hat immer noch zu ihm gewollt, ganz zuletzt, aber die Eltern haben das nicht zugelassen. Nun, vielleicht hätte man weitherziger sein sollen, was wäre daran gelegen, der arme Onkel mußte doch sterben. Ja, und sie, sie hat seinen Tod nicht überleben wollen. Kittychen, sie hat sich die Pulsadern aufgeschnitten!«

Diese letzten Worte rief sie, als sei sie die Botin einer frischen Schreckensnachricht.

»Wir wollen nicht richten, Kittychen«, setzte sie dann leise hinzu.

»Und weiß man, wo sie beerdigt ist?« fragte die Witwe.

Tante Lisinka zuckte die Achseln. »Damals hat man bei uns noch keinen Selbstmörder auf den Kirchhof gelassen«, sagte sie. »Höchstens hat man erlaubt, daß sie in der Stille auf alten Begräbnisplätzen eingescharrt wurden, solchen wie da in deiner Wohngegend einer gewesen ist.«

Von Tante Lisinka fuhr Frau Dalmann zu einem ihrer Vettern, der Pastor an der Petrikirche war. Sie erzählte ihm alles, verpflichtete ihn zum Stillschweigen und erlangte von ihm die Genehmigung, dem Schädel einen Ruheplatz im Dalmannschen Erbbegräbnis zu geben. Dies war vielleicht nicht ganz einwandfrei, denn eigentlich hätte die Familie um ihren Willen befragt werden müssen; doch meinte der Pastor, es verantworten zu können.

Der Kopf des Mädchens kam also zum zerfallenen Leibe des Mannes, den es geliebt hatte, ein Jahrhundert nach dem Tode der beiden. In eine Ecke der Grabplatte, nicht weit von dem Namen Georg Adam Dalmann ließ die Witwe drei kleine Sternchen einmeißeln. Darüber bog sie, damit es niemandem aus der Familie auffiele, eine grüne Ranke von dem Gesträuch, das um die Grabplatte wucherte.

Erlebnis auf einer Insel

Ein bejahrter russischer Maler erzählte seinen Pariser Kaffeehausfreunden:

Um die Jahrhundertwende – ich besuchte damals eine der oberen Klassen eines Petersburger Gymnasiums – verbrachte ich mit Eltern und Geschwistern die Sommerferien in einem kleinen estländischen Küstenort.

Wir führten hier das übliche Bade- und Strandleben, wir machten Bekanntschaften, wir unternahmen Ausflüge, es wurden Picknicks und Bootfahrten veranstaltet, und es wurde getanzt. Oft blieb ich auch abseits, las, zeichnete und malte.

Aber so, wie ich damals war, konnte mir das alles nicht genügen. Ich liebte wohl den heiteren Umgang, und ich kam auch gern mit Mädchen zusammen. Dann indessen hatte plötzlich das Wagnis, das Abenteuer der Einsamkeit die stärkere Lockung für mich, und zwar verlangte es mich nach einer tieferen Einsamkeit, als ich sie mir hier, gelegentlich und am Rande des geselligen Lebens, zu schaffen vermochte. Eines Tages erklärte ich meinen Eltern, ich wolle eine mehrtägige Fußreise längs der Küste unternehmen, wolle die Landschaft kennenlernen und Skizzen machen. Nun, das wollte ich gewiß auch, aber das Wichtigste war mir doch, mich der Welt und allen ihren Aussendungen, ihren Schauern und Überwältigungen allein gegenüberzustellen.

Meine Eltern machten erst einige Einwände, denn dergleichen galt damals bei uns für ungewöhnlich, aber dann hatte ich meinen Kopf durchgesetzt, und ich brauchte nicht einmal, nach dem Anfangsvorschlag meiner Mutter, meinen jüngeren Bruder mitzunehmen.

Urteilen Sie selbst, wie mir zumute sein mußte. Das werden Sie ja auch noch wissen, daß man in diesem Lebensalter von jeder Reise meint, sie werde einem die Begegnung mit dem Außerordentlichen, ja, mit dem Schicksal selber bringen. Nun, Sie werden noch sehen, daß ich mit einer solchen Vorstellung in diesem Falle nicht so ganz unrecht gehabt habe.

Ich brach also auf. Ein merkwürdiges Land, müssen Sie wissen! Kaum daß die Gegend der Badeorte hinter mir lag, geriet ich in Einsamkeiten und Urwüchsigkeiten, die mich, einen Großstadt- und Residenzbewohner, fast bestürzten.

Das Wort »Glint« – ich weiß nicht, ob es ein deutsches, schwedisches oder estnisches ist – wird Ihnen fremd sein. Es bezeichnet die felsige, schroff abfallende, von tiefen Spalten und Klüften zerrissene Steilküste. Stellenweise geht es fast unmittelbar zum Wasser hinab; anderwärts zieht sich zwischen Glint und Meer ein Küstensaum, meist schmal, aber auch wohl ein paar hundert Schritt sich verbreiternd. Dieser Uferstreifen war meine Wanderstraße. Oft jedoch, wenn ich an etwas Pfadähnliches kam oder auch an Aufgänge, die zum Teil aus aneinandergestellten morschen Holzleitern bestanden, klomm ich hinauf und setzte nun oben meinen Weg fort, um mich schon von der nächsten Abstiegsmöglichkeit wieder zum Meere hinunterlocken zu lassen. In diesem Alter ist man ja wie ein kleiner Hund, der, wenn er seinen Herrn auf dem Spaziergange begleiten darf, immer wieder vorwärts, rückwärts, seitwärts rennt und so, unersättlich und unermüdlich, ein Vielfaches des Weges zurücklegt. Was mich droben anzog, das war nicht nur der freie Ausblick, sondern ebenso sehr die überschäumende Üppigkeit des Waldwuchses: blühende Linden, Erlen, Eschen, Eichen, Pappeln, Birken, Kiefern, Lärchen, alles durcheinander! Dicht über dem Boden Nachtschatten und Weidenröschen, Steinbeeren und Schellbeeren, und dann in halber Höhe Hagebutten- und Nußgesträuch, riesige Farnkräuter, wilde Himbeeren und der Stämme umschlingende Hopfen, der im Norden für den Efeu stehen muß. Plötzlich stößt man auf einen umgestürzten, vermoderten Ulmenstamm, zwanzig Meter lang oder mehr, bedeckt mit Moosen, Flechten, Pilzen und von lauter kleinem Blütenzeug umwunden. Wer von Ihnen kennt dergleichen? In Westeuropa ist ja im Grunde alles Parklandschaft und jeder Baum beim Forstamt registriert. Eines Tages wird man anfangen, die Eichhörnchen, die Igel und die Rebhühner auf Listen zu setzen, und der Wohnbewilligungsschein für Eulen wird nur mit der Einschränkung ausgestellt werden, daß sie nachtsüber die Wildtauben bei sich schlafen lassen müssen. Nun, einerlei.

Drunten war das Bild anders, wenn es auch vorkam, daß der Wald sich bis ans Wasser streckte. Da tobte die Brandung gegen Felsen und Trümmerblöcke und schleuderte den Gischt senkrecht empor. Aber dann liegt auch der stille Sand in seidigem Glanze, manchmal quer von Elchspuren durchzogen, da blüht es hellviolett, da stehen Fetthenne und Sandgerste. Und die Farben des Meeres, des Himmels, der Segel und der Möwen, der Sammet- und Spießenten – aber wozu soll ich das schildern, Phantasie haben Sie schließlich selbst, und es kommt mir jetzt ja nicht auf die Landschaft an, sondern darauf, wie es mir zumute war und was ich, unmerklich vorbereitet, gegen Ende dieser Reise erlebte. Ich badete viel, oft zwei, drei Male des Tages, ich schwamm zu Sandbänken hinaus und zu Steinblöcken, ich fand schneeweiße Tierskelette, Fisch- und Vogelschädel, und es kam auch vor, daß in einer windstillen Bucht weiße

Wasserrosen unbeweglich zwischen den bunten Granittrümmern ruhten oder daß der flache Meeresgrund gänzlich mit Wasserpflanzen bedeckt war, in denen weiterhin Reiher, Enten, Strandläufer und Schnepfen herumstöberten.

Ich übernachtete, wie es sich gerade traf, bisweilen in Fischerhäuschen, bisweilen im Heu bei Bauern, einmal habe ich auch im Freien geschlafen. Gasthäuser traf ich kaum an, das ist im Osten nicht so wie hierzulande. Man konnte lange unterwegs sein, bis man auf kleine, kümmerliche Ansiedlungen stieß, auf verlassene Fischerhütten oder Strandreiterstationen. Die Strandreiter waren so eine Art Truppe, nur daß sie dem Finanzministerium unterstanden und nicht dem Kriegsministerium. Sie hatten die Küste abzupatrouillieren und den Schmuggel zu verhindern. Ihre Kordonhäuschen waren sauber und blank, mit ihrem ärarischen Baustil sahen sie aus wie winzige Spielzeugkasernen, aber in dieser Landschaft kamen sie mir fremdartig vor. Für mich hatten sie eine gewisse Wichtigkeit, denn hier konnte ich sicher sein, auf russischsprechende Menschen zu treffen.

Zu der sonderbaren Verzauberung, in die ich geraten war, trug auch die Schwierigkeit der Verständigung bei, und oft war es gar eine gänzliche Unmöglichkeit.

Ich weiß nicht, ob Sie das Gefühl kennen, das einen überkommt, wenn man gefährtenlos unter Leute von völlig anderer Sprache verschlagen wird. Man kann nicht sagen, es sei eine Empfindung der Verlassenheit, denn es ist ja zugleich etwas von einer verwegen beglückenden Unerreichlichkeit und Uneinholbarkeit dabei. Das Estnische, müssen Sie wissen, ist unsereinem so fremd wie das Arabische. Mit Polen, Serben, Tschechen, ja, mit allen romanischen Völkern, mag ich auch ihre Sprache nicht eigentlich beherrschen, komme ich doch irgendwie zurecht, man kann immer an bekannte

Worte und Formen anknüpfen. Hier aber war es, als sei man in die Tiefsee gefallen, und dabei war es doch nach Petersburg keine größere Entfernung als von Paris nach Vichy oder Dijon. Nur die Männer, die beim Militär gedient hatten, konnten ein wenig Russisch. Derartiges gab es ja bei uns viel: Völker oder Volksstämme, die ihre eigenen Sprachen hatten und allenfalls ein paar russische Brocken für den Umgang mit den Obrigkeiten bereithielten. Und wenn man nicht gerade zu den Panslawisten gehörte, dann fand man nichts dabei, und es war sogar eine hübsche, buntfarbige Merkwürdigkeit. Auf den kleinen, der Küste vorgelagerten Inseln, wo oft nur ein paar Fischer oder Seehundjäger lebten, wurde vielfach auch noch Schwedisch gesprochen, aber, wie man mir sagte, ein so altertümliches Schwedisch, daß etwa aus Schweden gekommene Reisende einige Mühe hatten, sich mit den Leuten zu verständigen.

Diese Inseln zogen mich an. Inseln liebe ich überhaupt, und diese Inseln in ihrer Abgeschiedenheit dünkten mich inselhafter als andere. Ich beschloß, einen Abstecher in die Inselwelt zu machen.

Ich hatte längst jeden Zeitbegriff verloren. Sie wissen, wie geschwind einem das auf Reisen widerfahren kann. Jeder Tag dünkte mich unendlich, und das Strandleben mit der Familie oder gar das Petersburger Schulleben schien mir in nicht mehr auslotbare Vergangenheiten zurückgefallen zu sein.

Der Zeitpunkt, zu dem ich eigentlich wieder hätte bei den Meinigen sein sollen, war verstrichen. Aber was versäumte ich denn? Und vielleicht bildete ich es mir überhaupt nur ein, daß ich Eltern und Geschwister und Freundinnen in einem Badeort hatte, wo es von Petersburgern wimmelte, wo Russisch gesprochen wurde und Kurkonzerte stattfanden. Ich hatte so wenig Gelegenheit gehabt, Geld auszugeben, daß von dieser Seite her meinem Wunsch, die Reise zu verlängern, keine Hindernisse erwuchsen. Ich schrieb also eine Postkarte, ich bliebe noch ein wenig länger fort, und konnte mir doch nicht recht vorstellen, daß eine solche Nachricht wirklich bis in die bevölkerte und im Herkömmlichen beharrende Welt der Badegäste gelangen sollte. Übrigens ist die Karte, wie ich nachher feststellte, schon den zweiten Tag nach ihrer Absendung bei meinen Eltern gewesen.

Ich hatte eine Landkarte bei mir. Auf dieser betrachtete ich oft das Gewirr der kleinen Inseln. Es sah aus, als sei ein Sack gerissen und als habe sein Inhalt sich verstreut.

Unter den Inseln, von denen mir ja die Karte nicht viel mehr als Namen und Umrißgestalt überlieferte, zog mich eine vor andern an. Ich wüßte nicht mehr zu sagen, aus welchem Grunde; vielleicht hatte sie eine bizarre, in Buchten, Landzungen, Halbinseln und Spitzen ausgeklüftete Gliederung, vielleicht einen Namen, dessen Klang es mir antat. Ich weiß nicht mehr, wie sie hieß; zu behalten sind diese Namen für unsereinen ja nicht. Sie war auch keineswegs die nächstgelegene, aber nun hatte die Begierde, sie kennenzulernen, sich einmal in mir festgesetzt. Sie werden sich aus Ihrer Schulzeit erinnern, wie einen so etwas überfallen kann. Da bildet man sich in einer öden Geographiestunde ein, man müsse irgendwann nach La Trinidad oder Janina kommen, eher werde man keinen Frieden haben. Ganz besessen kann man von diesem Gedanken sein! Wahrscheinlich verbergen sich hinter einem solchen Wunsch ganz andere Wünsche, und vor allem jener eine, dessen ich schon Erwähnung getan habe, nämlich der, daß man mit dem Außerordentlichen, mit dem Schicksal, mit dem Schlüssel zur Bedeutung des eigenen Daseins, oder wie Sie es nun nennen wollen, zusammenkomme.

Eine der Strandreiterstationen machte ich mir gewissermaßen zum Standquartier. Das heißt, ich ließ mein Gepäck dort zurück, um ungehinderter umherstreifen zu können, und ich habe dann auch, schlecht und recht, zwei Nächte dort zugebracht.

Die Strandreiter nahmen mich mit einer Art freundlicher Gleichgültigkeit auf. Es waren verhältnismäßig ältere Männer, denn bei dieser Truppe wurden nur gediente Soldaten eingestellt, und meistens mußten sie es in der Armee bis zum Unteroffizier gebracht haben. Es ging gesetzter bei ihnen zu, nicht so laut und lustig wie bei ganz jungen Soldaten; heute würde ich sie freilich eher als junge Leute betrachten.

Ich sah ihnen zu, wie sie Waffen und Zaumzeug putzten und wie sie Karten spielten. Ich hatte Spaß daran, mich, so gut ich das verstand, an der Besorgung der Pferde zu beteiligen. Sie erlaubten mir auch mitzutun, als frühmorgens die Pferde ins Meer in die Schwemme geritten wurden. Die kräftigen, nackten Leiber der Männer flammten im Licht, und es war mir zu Sinn, als habe ich in einer homerischen Welt einkehren dürfen.

Mein Skizzenbuch war noch fast leer; dies war den Absichten, mit denen ich von daheim aufgebrochen war, genau entgegengesetzt. Aber nun war ich gegenüber allem, was mir begegnete, gänzlich in einen Zustand des Hinnehmens, des Michdurchdringenlassens geraten, der mir ein eigentliches Tun schwermachte. Auch schien es mir, meine Kraft entspräche noch keineswegs den Aufgaben, die ich ihr hatte stellen wollen. Jetzt zwang ich mich, den Strandreitern zu Gefallen, ein paar Bleistift- und auch Federzeichnungen anzufertigen. Es waren Pferdeskizzen, und es waren Abschilderungen der Station mit dem Glint oder mit dem Meere als Hintergrund. Ich schenkte sie ihnen und fand gar Bewunderung.

In diesen zwei Tagen meines Strandreiterlebens, in denen es mir bald vorkam, als sei ich durch Jahre mit dem Ort und seinen Bewohnern verwachsen, schloß ich mich vornehmlich einem älteren Manne an, einem Esten, der schlecht Russisch sprach und mir nicht immer verständlich wurde. Er trug das helle Haar ganz kurz geschnitten, hatte einen buschigen Schnurrbart und war von stattlichem Wuchs. Die saubere Uniform, weißer Sommerwaffenrock, blaue Reithosen mit grünen Paspeln, kleidete ihn gut. Er hatte freilich die Zurückhaltung, die ich uns Russen gegenüber bei der estnischen Bevölkerung oft gefunden habe. Aber er gefiel mir mit seinem ernsthaften und doch nicht unfreundlichen Wesen, und ich gewöhnte mich rasch an seine wortkarge Unterhaltung. Er kannte die Gegend besser als seine Kameraden, die zum großen Teil aus den mittelrussischen Gouvernements stammten, und so konnte ich mir von ihm allerlei erzählen und mir manche Auskünfte geben lassen.

Ich zeigte ihm meine Landkarte und äußerte meinen Wunsch, die Inseln, und insbesondere jene eine, kennenzulernen. Er sah mich verwundert an, und es mochte ihm als eine unverständliche Laune erscheinen. Ja, er redete mir ab; was ich mir denn dort verspräche?

Dieser Mann hatte offenbar Freude daran, mir beim Zeichnen zuzuschauen. Ich machte eine Porträtskizze, die seine Züge leidlich wiedergab, und schenkte sie ihm. Er nahm die bescheidene, um nicht zu sagen, fragwürdige Gabe wie eine Kostbarkeit entgegen; ja, es war fast etwas von Ehrfurcht dabei. Von da an war er geöffneter gegen mich.

Er ging nun auf meine Absicht ein und versprach mir, sich umzutun und jemanden aufzutreiben, der mich gegen ein mäßiges Entgelt hinübersegeln werde.

Aber dies war noch das Geringere. Wichtiger war mir, was er von der Insel erzählte. Halb widerwillig nämlich sagte er, von dieser Insel sei einmal viel gesprochen worden. Als ich Näheres zu wissen verlangte, wich er aus. Schließlich indessen brachte ich ihn doch zu einer stockenden Erzählung.

Ich erfuhr von einer allein lebenden Greisin, der sich Teilnahme, Mitleid, aber auch Scheu zuwandten. Die Art dieser Frau wurde mir aus dem in stümperhaftem Russisch vorgebrachten Bericht nicht deutlich.

Dann sprach er von einem vor wenigen Jahren vorgefallenen Unglück. Er brauchte auch, aber nicht mit völliger Bestimmtheit, das Wort »Mordtat«.

Die Frau, so verstand ich, hatte zwei Söhne gehabt, Fischer von Beruf, arme Leute. Ihr Mann war schon vor langer Zeit in einem Sturm ums Leben gekommen. Der ältere Sohn, den sie sehr geliebt habe, sei einmal vom Fischfang nicht wiedergekehrt. Man habe Gründe, ihn für ermordet zu halten. Der Schmerz der Mutter sei verzweifelt gewesen, und sei es wohl noch jetzt.

Ich fragte nach den Umständen des Todes und nach den Ursachen des Verdachts. Aber sei es, daß er hier absichtlich eine Zurückhaltung übte, sei es, daß ihn sein russischer Wortschatz im Stiche ließ, er begann nun, estnische Worte einzuflechten und ich erfuhr nichts Erhellendes.

Ich fragte, ob die Frau keine anderen Kinder habe oder warum sonst sie allein lebe. Er antwortete, nach dem Tode des Ältesten habe sie nur noch den einen, jüngeren Sohn. Als das Unglück geschah, sei dieser gerade auf Urlaub vom

Militär daheim gewesen. Später, nach abgelaufener Dienstzeit, solle er beim Militär geblieben sein.

Ich erkundigte mich, ob er den Toten gekannt habe.

Er nickte. »Auch die Mutter und den Bruder«, sagte er dann kurz.

Jetzt zögerte er eine Weile. Aber da er merkte, wie sehr seine Erzählung mich beschäftigte, und da ich weitere Fragen stellte, berichtete er noch etwas. Nämlich es heiße, so sagte er, der Alten seien Gaben verliehen, die andere Menschen nicht hätten, und sie habe ja auch mit dem Toten in einer besonders engen Gemeinsamkeit gelebt. Wer wolle da Genaueres wissen? Aber die Leute auf der Insel behaupteten, sie habe den toten Sohn durch Künste und Beschwörungen zur Erscheinung bewogen: Fast allnächtlich komme er und unterrede sich mit ihr.

Die Erzählung, grell und düster zugleich, packte mich. Augenblicks war ich entschlossen, nicht nur die Insel, sondern auch die alte Frau zu besuchen. War es Neugier, war es Abenteuerlust? Es muß mehr gewesen sein als das. Es schien mir, als wolle hier dasjenige auf mich zukommen, um dessentwillen ich die ganze Reise unternommen hatte.

Nicht daß ich eigentlich an die Geschichte des Strandreiters glaubte. Denn wir waren damals ja aufgeklärt. Oder nicht? Aufgeklärt waren unsere Väter. Wir aber standen doch zu ihnen im Gegensatz, und so wollte man noch aufgeklärter und radikaler sein als sie, die sich immer noch ein paar Rückzugsbrücken aufbehielten, mindestens zu jener gedämpften Wundergläubigkeit, die der mit der Kirche verbündete Staat von seinen Beamten erwartete oder doch zu erwarten vorgab – denn selbstverständlich erwartete er seit einiger Zeit schon gar nichts mehr, sondern ließ alles einfach laufen. Manchmal aber wollten wir auch gläubiger oder sagen wir getrost: leichtgläubiger sein als unsere Väter und wollten wieder die Dinge für wenigstens möglich halten, die unsere Großväter und Urgroßväter oder doch deren Kinderfrauen für möglich gehalten hatten. Und dabei liebten wir jungen Leute Nietzsche oder Renan oder David Friedrich Strauß oder auch schon Haeckel, wir debattierten über Ibsen, und Dostojewski galt uns als ein finsterer Reaktionär und ein überspannter Frömmler. Von der Kirche hatte ich mich damals schon seit längerem abgewandt.

Mein Strandreiter also verhalf mir zu einem Segelboot und um eine Fahrtgelegenheit zur Rückkehr, so wurde mir gesagt, brauchte ich nicht in Sorge zu sein, denn an einem landeinwärts gelegenen Ort des Festlandes stehe ein mehrtägiger Jahrmarkt bevor und zu diesem würden viele der Inselbewohner kommen, da könne ich mich jederzeit mit übersetzen lassen.

Ich nahm also Abschied von den Strandreitern. Was soll ich von der Insel erzählen? Sie war großartig in ihrer Menschenleere. Im Walde schien es mir, als habe noch kein Fuß ihn betreten. Umherstreifend, Beeren pflückend, badend, am Strande liegend, brachte ich den Tag hin. Aber ich war nicht sehr bereitwillig, mich den Einwirkungen der Landschaft, der Jahreszeit und der Tageszeiten zu überlassen. Zum ersten Male während dieser Reise plagte mich eine Ungeduld, die von Verdrießlichkeit nicht ganz fern war. Die Insel hatte für mich nun keine andere Bedeutung mehr als die eines Schauplatzes – Schauplatzes des Außerordentlichen, das ich mir erwartete. Und ich vergaß wohl, daß ich das Außerordentliche bereits im Unaufsehentlichen erfahren hatte, alle diese Reisetage hindurch. Übrigens ist das wohl eine Vergeßlichkeit, die in der menschlichen Natur liegt.

Aber wer bürgte mir denn, daß ich in der Tat ein Erlebnis und eine Begegnung haben würde? Es konnte alles ein Bauerngeschwätz sein, und es war auch möglich, daß es mir nicht gelang, bis zu der Alten vorzudringen und von ihr gelitten zu werden. Immerhin hatte ich mir einen Plan gemacht, der aller Voraussicht nach ans Ziel führen mußte. Nämlich ich wollte mich in der Hütte, deren Ort ich mir von meinem Strandreiter recht genau hatte beschreiben lassen, bei anbrechender Dunkelheit einfinden und um ein Nachtlager bitten. Das ist ein Ansinnen, das in einem menschenarmen Lande fast nie abgeschlagen wird, und zudem hatte ich mir vorgenommen, mich so müde, ja erschöpft zu stellen, daß mir nicht zugemutet werden konnte, weiterzugehen und nach einem anderen, notwendigerweise weit entfernten Quartier zu suchen.

Es fiel mir schwer, die Zeit hinzubringen. Einige Male verzagte ich und fand mich töricht. Dann meinte ich, ich täte am besten, den Weg zur nächsten Ansiedlung zu suchen und mich dort für heute um ein Nachtlager, für morgen um eine Gelegenheit zur Rückkehr aufs Festland zu bemühen. Aber nun war einmal alles eingeleitet, und da wäre es mir schimpflich erschienen, vom Vorsatz abzustehen.

Gegen Sonnenuntergang war ich zur Stelle. Die Hütte lag an einer bewaldeten, schmal vorreichenden Landspitze. Der Strand war hier felsig, die verworren umherliegenden Sandsteintrümmer waren mit Lebermoosen überzogen, die in der schräg fallenden Sonne smaragdgrün aufleuchteten. Es schien mir noch zu früh, um näher heranzutreten. Ich setzte mich auf einen Block und hörte der Brandung zu. Fast wie Halbkugeln stürzten die Wellen unter mir über das Ufergestein. Zischende, weiße Schaummassen stiegen unablässig zur Höhe.

Ich wartete lange, plötzlich von aller Ungeduld verlassen.

Die schwarzblaue Wasserfläche lag unbewegt, und der Himmel über ihr hatte fast genau die gleiche Färbung angenommen, nur um eine Winzigkeit lichter. Oberhalb des Horizontes zog sich ein schmaler, rötlich glühender Streifen, der dem dunklen Wasser einen schwachen, rosigen Abglanz mitteilte.

Die Zeit schien mir gekommen, ich erhob mich und ging zur Hütte. Sie war niedrig und klein; neben ihr stand eine verfallen aussehende stall- oder schuppenartige Baulichkeit.

Plötzlich stiegen, ohne daß ich sehen konnte woher, einige Nachtschwalben zur Höhe, lautlos und blitzgeschwind; sie stürzten nieder wie fallende Steine, schossen wieder empor, kreuzten sich und waren verschwunden. Aus dem schwarz gewordenen Massiv des Waldes kam der langgedehnte traurige Laut der Sumpfohreule, der sich nun, da ich die Brandungsstelle verlassen hatte, sehr klar vom dumpfer gewordenen Wassergeräusch abhob. Mich schauderte, obwohl inmitten des kühlen Späthauches unversehens ein warmer Luftstrom über mich hinging.

Auf mein Klopfen antwortete niemand. Ich öffnete die unverschlossene Türe. Es roch säuerlich und dumpf. Ich trat ein und sagte auf estnisch »Guten Abend«, denn soviel hatte ich in diesen Reisetagen gelernt. Es kam keine Antwort.

Ich hatte eine elektrische Taschenlampe bei mir; das war damals eine neue Erfindung, die geschätzt und bewundert wurde. Das erste, was ihr Strahl beleuchtete, war eine kleine, oberhalb des jämmerlichen Bettes an der rohen Holzwand befestigte Photographie. Sie zeigte einen jungen Mann in Unteroffiziersuniform mit einem winzigen Schnurrbärtchen. Er sah hübsch, leer und eitel aus. An der Firmenbezeichnung des Photographen erkannte ich, daß die Aufnahme in einer sibirischen Garnisonsstadt gemacht war.

Dies Bild hatte etwas sehr Auffallendes. Ich wußte anfangs nicht warum. Jedenfalls war der Grund nicht nur der, daß es der erste Gegenstand war, auf den der Lichtstrahl meiner Lampe und mein Blick gefallen waren. Dann aber wurde mir klar, daß die Photographie als einziges Ding in diesem Raume eine Beziehung zu unserem Zeitalter ausdrückte. Alles andere war so, wie es auch vor Jahrzehnten oder Jahrhunderten hätte gewesen sein können. Der elende Hausrat war selbst gezimmert, der Herd aus Feldsteinen gemauert, das scherbenhafte Küchengeschirr mochte von einem dörflichen Töpfer stammen. Kleidungsstücke und Bettzeug schienen bäuerliche Spinn- und Webarbeit zu verraten. Alles war unordentlich und verwahrlost.

Ich legte mein Gepäck ab und setzte mich auf die Herdbank. Um die hierzulande wohl kaum ersetzbare Batterie zu schonen, löschte ich meine Lampe. Plötzlich überkam mich die Müdigkeit. Ich schlief ein.

Ich erwachte von Licht und Geräusch. Die Herrin der Behausung war eingetreten.

Es war eine hochgewachsene, kräftige Gestalt. Ihr Haar war von jenem ganz reinen Weiß, das sich auch bei Greisen selten findet. Seine Farbe erinnerte mich an die Wasserrosen der geschützten Buchten und an die angeschwemmten, von der Strandsonne gebleichten Vogelschädel im seichten Uferwasser. Sie hatte helle, scharfe Augen. Ich dachte, so müßten die Mütter und Großmütter frühmittelalterlicher Seeräuber ausgesehen haben. Ihre Kleidung war zerlumpt, und man hätte an ihr nicht abnehmen können, ob sie einen weiblichen oder einen männlichen Körper verhüllte.

In der Erinnerung merke ich, daß ich mir von ihren Jahren keine rechte Vorstellung machen kann, und es war ja auch von Söhnen verhältnismäßig jugendlichen Mannesalters die Rede gewesen. Aber solange man selber jung ist, geht man mit dem Greisentitel freigebig um und hat kein Schätzungsvermögen für die von Bejahrten zurückgelegten Lebensstrecken. Mag sein, daß sie jünger war, als sie schien, und die Kennzeichen des Alters sich ihr vorzeitig auferlegt hatten.

Eine kleine Weile wirtschaftete sie in dem Raume umher, eintönig vor sich hin murmelnd und manchmal ächzend nach Art alter Frauen. Dann setzte sie sich auf das niedrige Bett und begann sich mit der Ausbesserung eines Kleidungsstückes zu beschäftigen. Die leuchterlose Kerze hatte sie neben sich auf den Schemel geklebt.

Offenbar hatte sie mich noch nicht bemerkt. Ich sagte wieder auf estnisch: »Guten Abend.« Sie kümmerte sich nicht darum. Bald danach wiederholte ich, diesmal mit gehobener Stimme, den Gruß.

Ich hatte mir genau ausgesonnen, mit welchen Gebärden ich ihr meinen kläglichen Ermattungszustand und die Unmöglichkeit einer Fortsetzung meines Weges dartun wollte. Nun aber fand ich zu dieser Schaustellung keine Gelegenheit, denn die alte Frau fuhr fort, meine Gegenwart nicht im mindesten zur Kenntnis zu nehmen. Sie schien völlig beansprucht von dem, was in ihrem Inneren vorging und wohl als einziges Wichtigkeit für sie hatte.

Es kam mir der Gedanke, sie möchte taub oder schwerhörig sein. Vielleicht sah sie überdies schlecht. Aber der kraftvolle Ausdruck ihres Blickes widersprach einer solchen Annahme, ganz abgesehen davon, daß sie eine Handarbeit verrichtete, zu der es wohl scharfer Augen bedurfte, und sich zuvor mit aller Sicherheit im Raume bewegt hatte.

Ich erschien mir wie ein Eindringling und empfand Beklommenheit. Ich schämte mich des unredlichen Kunstgriffs, mit dem ich mir den Aufenthalt in der Hütte zu erschleichen gedacht hatte. Ich trat zu der Alten und sagte noch einmal mein »Guten Abend«. Sie blickte von ihrer Flickarbeit nicht auf. Ich beugte mich vor, so daß mein Schatten über ihre Hände fiel und über das Kleidungsstück, an dem sie tätig waren. Dann berührte ich ihren Ärmel. Aber auch das ging an ihr vorüber.

Ich kehrte zur Herdbank zurück. Ich erkannte, daß ihr Geist nicht bei ihr, oder vielmehr, daß er nur bei ihr, nicht aber bei ihrer Umgebung war.

Den Mundvorrat, den ich bei mir gehabt, hatte ich im Laufe des Tages verzehrt. Ich war hungrig. Ich hatte gerechnet, in der Hütte wenigstens Tee und Brot zu finden und diese gedörrten und gesalzenen Fische, die in Streifen geschnitten, der Haut beraubt und dann in heißem Wasser aufgeweicht oder über dem Feuer geröstet werden; sie riechen nicht angenehm, aber ich hatte schon Gelegenheit gehabt, mich an sie zu gewöhnen.

Auf dem Tisch, der in der Mitte des Raumes stand, lag ein Schwarzbrot. Ich schnitt mir ein tüchtiges Stück ab und legte dafür etwas Geld auf die Tischplatte. Aus einer kindischen Gewissenhaftigkeit versuchte ich, die Alte durch Laute und Zeichen auf diesen Handel aufmerksam zu machen. Natürlich gelang es mir auch jetzt nicht, sie zum Hinsehen zu veranlassen.

Ich kaute nun mein grobes und dunkles Brot. Danach holte ich mein Skizzenbuch hervor und versuchte, aus den Erinnerungen der letzten Tage zu zeichnen. Auf diese Weise dachte ich mich wach zu halten, denn noch immer konnte ich mich nicht von der Vorstellung freimachen, es werde sich etwas ereignen. Aber die Beleuchtung reichte nicht hin, und so gab ich meinen Versuch wieder auf. Ich hatte auch daran gedacht, die Alte zu porträtieren, um solchergestalt eine Brücke zu ihr zu schlagen. Aber das war ja gewiß, daß sie ohne Verständnis über das Blatt hinwegsehen würde, wenn ich es ihr hinreichte.

Ich wartete also untätig, und meine Schläfrigkeit nahm zu. Endlich überwältigte sie mich. Als ich wieder aufschrak, sah ich die Alte noch auf dem Bette sitzen, doch schien auch sie zu schlafen, und der Kopf war ihr vornüber auf die Knie gesunken. Ich schaute auf meine Uhr. Sie stand; in der Lebensweise dieser Tage war ich aus der Gewohnheit des regelmäßigen Aufziehens gekommen. Immerhin konnte keine lange Zeit vergangen sein, denn das Licht, das immer noch brannte, schien nur um ein weniges verkürzt.

Plötzlich kam sie zu sich. Sie richtete sich auf, hob die rechte Hand und führte sie mit gespreizten Fingern sehr langsam an ihrem Gesicht vorüber, so als wische sie ein Spinnengewebe fort. Dann glitt sie vom Bett und ließ sich auf die Knie nieder. Sie faltete die Hände und schien zu beten. Hierbei hielt sie den Kopf gesenkt, so daß ich ihr Gesicht nicht sehen konnte, sondern nur das leuchtende weiße Haar vor Augen hatte.

Sie hob die gefalteten Hände bis zur Brusthöhe, es war wie ein beschwörendes Händeringen. Jetzt hob sie auch den Kopf. Ihre Augen hatten sich so sehr geweitet, daß ich sagen möchte, das ganze übrige Gesicht sei von ihnen verzehrt worden. Es wurde mir eiskalt. Ich erinnerte mich der Sumpfohreule und hatte ihren schaurigen Ruf wieder im Gehör.

Ich fühlte, daß irgend etwas geschehen war.

Ich wandte den Kopf halblinks über die Schulter. Vor

dem Tisch, auf dem das Brot lag, gewahrte ich eine Gestalt in halb angelehnter, halb sitzender Stellung. Ich sehe sie noch heute deutlich vor mir.

Es war die eines hochgewachsenen Mannes. Sie war in ein grobes weißliches Tuch gehüllt. Auch der Kopf war mit einem Tuch von gleicher Beschaffenheit umwickelt, das über der Stirn in die Höhe geschoben war. Wo die Tuchumhüllung das Fleisch freigab, also im Gesicht, am Halse, an den Händen und den vom Knie abwärts unbedeckten Beinen und Füßen, da zeigte die Haut eine weißlich-gelbe Färbung. Der Ausdruck war starr, als liege etwas über dem Gesicht, das die Beweglichkeit der Mienen behinderte. Die zwischen den Zügen der Erscheinung und denen der Frau vorwaltende Ähnlichkeit war unverkennbar, und insbesondere hat das von den Augen zu gelten.

Die Alte löste die verkrampften Hände voneinander und streckte sie flehentlich nach der Gestalt aus. Ihr Gesicht offenbarte einen Schmerz von solcher Gewalt, daß alles diesem Gesicht sonst Eigentümliche, alles Merkmalhafte, ausgelöscht schien. Für nichts anderes hatte es mehr Raum als eben für das nackte, alles in sich fassende mütterliche Leiden.

Meine Blicke gingen unablässig zwischen den beiden hin und her. Die Augen des Mannes schienen fest auf die Frau gerichtet. Täuschte ich mich jedoch, wenn ich wahrzunehmen meinte, daß sie einige Male abglitten und nun die Photographie oberhalb des Bettes aufsuchten?

Plötzlich begann er zu sprechen. Es war zunächst nicht die Stimme, mit der Menschen sprechen; eher war es ein rauhes, einförmiges Heulen, freilich nicht von einer Lautstärke, welche die des gewöhnlichen Sprechtones hinter sich gelassen hätte. Es gab in dieser Monotonie keine Hebung, keine Senkung, keine Einkerbung. Immer aber, wenn er in dieser fürchterlich leblosen Art eine kleine Weile geredet hatte, dann hielt er inne und brachte nun einen einzigen kurzen und, wie mir schien, jedesmal wörtlich sich wiederholenden Satz vor, voller Leidenschaftlichkeit und Eindringlichkeit, gleich als wolle er etwas erhärten und seine Zuhörerin zu dessen Anerkennung nötigen. Für die Dauer dieses Satzes hob er jedesmal die Stimme. Das war wie eine Litanei, bei der das respondierte »Herr, erbarme dich« nach jeder Anrufung mit beschwörendem Nachdruck wiederkehrt. Grauenhaft aber war die völlige Reglosigkeit, in der sein Gesicht auch während dieses lebhafteren Sprechens verharrte. Haut und Muskeln schienen aus unbiegsamem Stoffe gebildet. Kein einziges Mal senkte und hob sich das Augenlid, dessen Auf und Zu im menschlichen Antlitz mir immer vorgekommen ist wie der Wellenschlag auch des gestillten Meeres; von jeher hat es mir als Urzeichen des Lebens gegolten und zugleich als ein Hinweis auf die in Wachheit und Schlaf, in Offenstand und Eingekehrtheit, in Leben und Tod sich darstellende Doppelnatur des Menschen. Aus dieser Doppelheit war der Mann vor dem Tische ausgeschieden und hatte dafür eine schreckliche Eindeutigkeit erwählen müssen. Indessen war dies noch das minder Entsetzliche; denn auch die Lippen bewegten sich nicht. Es blieb verborgen, auf welche Art die Stimme sich erzeugte, und fast schien die Annahme gerechtfertigt, sie komme unmittelbar aus dem Inneren, aus dem Mittelpunkt, ohne daß die lautbildenden Organe sich hätten beteiligen müssen. In all solcher Starre nahm ich es als um so bedeutungsvoller, daß der Mann einige Male mit der blassen Hand auf seinen weiß umwundenen Kopf und auch, wie es mir vorkam, auf die Photographie an der Wand hinwies.

Es begreift sich, daß ich von seinen Reden kein Wort verstand. Ich wußte nicht einmal, ob er Estnisch oder Schwedisch sprach. Aber es war, als bedürfe ich des Verstehens schon nicht mehr. Ich war überzeugt, daß das, was er sagte, unwiderleglich war und daß ich mir den Inhalt seiner doch unverständlichen Sätze blindlings zu eigen machen mußte.

Der Mutter war es anzusehen, daß sie jede Silbe auffaßte; auffaßte mit einer angstvollen Gier. Es konnte keine Rede davon sein, daß sie schwerhörig oder gar taub war.

Einige Male hatte es den Anschein, als wollte sie ihm widersprechend ins Wort fallen. Aber dann hörte sie ihn doch zu Ende an.

Er verstummte, sie antwortete. Aber hatte er ohne Mienenbewegung geredet, so redete sie ohne Laut. Ihre Lippen regten sich heftig, ihr ganzes Gesicht zuckte, ihre Augen quollen vor, ihre Hände und Arme waren in der verzweifeltsten Unruhe. Doch kein Ton wurde vernehmlich. Ich erinnerte mich plötzlich an die ausdrucksvollen, aber vollkommen geräuschlosen Bewegungen der Nachtschwalben.

Was hatte es zu besagen, daß jeder der beiden sich der entgegengesetzten Mitteilungsart bediente? Wußte die Mutter, daß dem Sohne die Rückkehr in die hörbare Welt verwehrt und daß nur die bildhaft zu erfassende ihm offen gehalten wurde? Und welch furchtbar vereisendes Gesetz waltete über dieser stundenweise der Zeitlichkeit wiedergegebenen Seele, daß ihr wohl die Stimme, nicht aber das eigentlichste menschliche Kennzeichen, nämlich das Spiel und der Ausdruck der Mienen, anzunehmen gestattet war?

Hier wurde ich bis an das äußerste, das schrecklichste Maß jener Verständnislosigkeit geführt, in deren Zeichen für mich, wiewohl auf eine zwar nachdenklich stimmende, jedoch nicht ungute Weise, die letzten Tage gestanden hatten. Und wenn meine Reise es mit sich gebracht hatte, daß ich mich überwiegend unter Menschen bewegte, mit denen es für mich keine Möglichkeit des sprachlichen Einvernehmens gab, so empfand ich jetzt, daß diese Besonderheit mich auf die entsetzlichste aller Augen- und Ohrenzeugenschaften hatte vorbereiten sollen und daß auch die ganz anders geartete und begründete Unmöglichkeit des Einverständnisses zwischen Mutter und Sohn nur ein Hinweis auf ein allen Welten überhaupt auferlegtes, mir nicht enträtselbares Geheimnis war.

Jeder von beiden strebte mit der höchsten Anspannung, sich dem anderen mitzuteilen, der Sohn unerbittlich auf seiner Behauptung beharrend, die Mutter in dem fortwährenden, aber sichtlich bereits ermattenden Versuch, ihn von seiner Behauptung abzubringen. Ja, sie flehte ihn förmlich an, ihr das Letzte, nämlich die Anerkennung dessen, daß er im Rechte sei, zu ersparen.

Diese seltsamste aller Unterredungen endete jäh. Plötzlich stürzte die Mutter mit ausgestreckten Armen vor. Im selben Augenblick war die Gestalt verschwunden. Die Alte, die wohl die Knie des Sohnes hatte umfassen wollen, umklammerte kniend die beiden ihr zugekehrten Tischbeine. Ich hörte ein verzweifeltes Stöhnen, das wohl die Stelle der ihr nicht versagten, aber als ohnmächtig erwiesenen Laute zu vertreten hatte. Ich eilte zu ihr.

Gewaltsam mußte ich ihre Hände von den Tischbeinen lösen. Ich führte sie an ihr Bett und legte sie nieder. Ich brachte ihr Wasser. Sie trank gehorsam, als ich ihr das Gefäß an die Lippen hielt. Noch immer aber schien sie meine Anwesenheit nicht wahrzunehmen. Ich redete ihr zu, wie man einem erkrankten oder beunruhigten Haustier zuredet, auf das man nicht mit dem Inhalt, sondern dem Ton des Gesprochenen einzuwirken sucht.

Es gab kein Zeichen dafür, daß sie mich anhörte. Aber sie wurde ruhiger. Sie schloß die Augen, und endlich begann sie gleichmäßig zu atmen wie eine Schläferin.

Ich denke, so wird eine Stunde hingegangen sein. Ich selbst war zu aufgeregt, als daß ich hätte einschlummern können. Ich betrachtete die Alte, und ich betrachtete auch wieder das kleine Bild an der Wand. Ich meinte nun hinter der gedankenlosen Hübschigkeit des jungen Mannes eine eiskalte Selbstsucht zu bemerken. Ich verfing mich in vielerlei Gedanken.

Ich schrak auf. Die Alte hatte sich emporgesetzt und streckte die Arme aus. Ihr Gesicht war leichenfarben und starr.

Ich hatte die Empfindung einer unversehens eingetretenen Kälte. Unwillkürlich sah ich mich um.

Die Gestalt war wiedergekehrt, lautlos und aus dem Unerkundbaren aufgestiegen wie die Nachtschwalben. Abermals hielt sie sich in der halb sitzenden, halb angestützten Stellung. Nun jedoch hatte sie diese Stellung im Leeren angenommen, vom Tische entfernt und vielleicht zwei Schritte vor mir.

Dennoch schien sie mich, der ich doch immer noch auf dem Bette saß, nicht zu sehen. Ihr Blick ging zu der Alten – an mir vorbei oder durch mich hin. Vielleicht gehörte auch dies zu den einschränkenden Gesetzlichkeiten ihrer Wiederkehr, daß ihrer Merkfähigkeit nur dasjenige zugänglich war, was zu ihrem geendeten irdischen Leben und zu dem Vorgang, der dessen Ende bewirkt hatte, in einer unmittelbaren Verbindung stand.

Aber wiederum wurde ich nun belehrt, wie wenig ich von

allen den hier geltenden Gesetzlichkeiten wußte. Denn das Verhalten der beiden schickte sich nun zu einer scharfen Änderung an oder hatte diese Veränderung bereits erfahren. Der Sohn war von seiner Starre verlassen worden. Sein Gesicht zuckte und wechselte von einem Augenblick zum andern den Ausdruck. Die hin- und herfliegenden Lippen schienen zu schäumen. Kopf, Arme und Hände waren in der ungestümsten Bewegung. Aber aus dem Munde kam jetzt kein Ton.

Die Mutter hatte die Arme wieder sinken lassen. Den Kopf hielt sie vorgeschnellt wie eine angestrengt Lauschende. Mit einem Male fuhr ein Schrei aus ihren aufgerissenen Lippen.

Es war der erste Laut, den ich von ihr vernahm. Was drückte er aus?

Ich kann es nicht anders sagen, als indem ich – allerdings in dem Bewußtsein, damit auf eine vielleicht törichte und lächerliche Art meine Unfähigkeit zu bündiger Wiedergabe einzugestehen – mit dem Wörtchen »alles« antworte. Und was will das anders heißen, als daß in diesem Augenblick die letzte, vielleicht nur noch schmale Scheidewand zwischen den beiden fortgerissen war, daß nun auf eine endgültige Weise die gleichen Bedingungen beide umschlossen und so auch in dem, was sie noch getrennt hatte, die Übereinstimmung hergestellt war!

Dem Aufschrei der Alten folgte wohl noch eine Reihe von Lauten, vielleicht gar von Worten. Ich hörte sie nicht mehr. Es hatte mich ein solches Entsetzen ergriffen, daß ich blindlings hinausstürzte.

Ich warf mich ins Gras, ich sprang wieder auf, ich irrte in der Dunkelheit herum, die doch dort droben um diese Jahreszeit kaum je eine gänzliche ist. Ich saß lange am

Strande. Es begann zu dämmern. Die ungeheure Fläche lag in vollkommener Regungslosigkeit, dunkelstahlblau, nahezu schwarz, und von der finsteren Wand des bedeckten Himmels nur durch eine kaum wahrnehmbare Grenze geschieden.

Ich faßte mich und kehrte in die Hütte zurück. Die Kerze war zu Ende gebrannt, durch die zwei kleinen, halbblinden Fenster drang das Zwielicht ein. Die Gestalt war nicht mehr sichtbar. Ich trat an das Bett und fand die Greisin tot.

Ich zog meine Taschenlampe und betrachtete das Gesicht. Es drückte eine erhabene Befriedung aus.

Ich weiß wohl, man sagt in solchen Fällen, die Augen seien gebrochen. Das mag oft gelten, hier galt es nicht. Ich möchte im Gegenteil sagen, diese Augen hätten die ganze ihnen bestimmte Lebendigkeitskraft und Klarheit erst jetzt gewonnen. Es war, als hätten sie alles erkannt – und erkannt vielleicht im allerletzten und allerhöchsten Augenblick –, was zu erkennen dem Menschen aufgegeben und zugleich verwehrt ist.

Ich nahm mein Gepäck und ging. Vielleicht wäre es meine Pflicht gewesen, in irgendeine Kanzlei zu eilen und dort den Tod der Alten zu Protokoll zu geben. Aber dafür hatte ich keine Gedanken, und was hat denn unsereiner mit den Obrigkeiten zu tun? Sollte ich erst Stunden und aber Stunden nach einer Behörde fahnden, die vielleicht weiß Gott wie weit sein mochte, oder herumsuchen, bis ich zufällig auf einen des Russischen Mächtigen stieß?

Am nächsten Tage, schon auf dem Festlande und im Begriff, zu den Meinigen zurückzukehren, habe ich aus dem Gedächtnis einige Zeichnungen gemacht, in denen ich die Geschehnisse in der Hütte festzuhalten suchte. Sie befriedigten mich nicht recht, obwohl sie von der Außenseite der

Hergänge eine leidliche Vorstellung geben konnten. Diese Blätter besitze ich nicht mehr, die Lebensform eines Emigranten ist der Aufbewahrung von Erinnerungsstücken nicht günstig.

Daheim habe ich von dem mir Widerfahrenen nichts erzählt, und wozu hätte das auch führen können?

Dachte ich an das Bild des Unteroffiziers zurück, so war es mir gewiß, daß die Tat auf dieser Seele liegen müsse. Auch heute noch halte ich ihn für den Mörder. Gott wolle es mir nicht zurechnen, wenn ich ihm unrecht tue. Natürlich weiß ich nicht das geringste von ihm. Vielleicht ist er bei noch leidlich jungen Jahren im Kriege umgekommen, vielleicht hat er heute weiße Haare gleich denen seiner Mutter und ist General in der Roten Armee. Übrigens hat dieser Mann keine Wichtigkeit, und die Frage, ob er sich, vielleicht aus Neid, aus Eifersucht, einer Mädchengeschichte halber, mit dem Blut seines Bruders befleckt hat, ist vollkommen gleichgültig. Und obwohl es den Anschein hatte, als ginge es in den Unterredungen zwischen dem älteren Bruder und der Mutter um nichts anderes als um den Tod dieses Älteren, seine Ursachen, Umstände, Folgen, so ist es in Wirklichkeit, diese Überzeugung kann ich mir nicht nehmen lassen, um etwas ganz anderes gegangen, nämlich um das Geheimnis der Welt.

Schließlich, was mir dort auf der Insel zuteil wurde, das war die Ahnung dessen, daß nach allen Dimensionen hin der Umfang des menschlichen Lebens viel größer ist, als etwa mein Vater annahm, der an verschiedenen Petersburger Instituten Chemieunterricht erteilte und geduldig auf den Annenorden dritter Klasse wartete; die Ahnung dessen, daß der geregelten Welt, an deren unverbrüchliches Vorhandensein wir bei aller jugendlichen Zweifelsucht doch glaubten, etwas vollkommen ungeregelt Erscheinendes zugrunde liegt; die Ahnung dessen, daß nicht nur im menschlichen, sondern in allem Leben überhaupt, leicht zugedeckt von mancherlei Wachstum, Klüfte und Spalten klaffen wie im Glint, aber Spalten von einer Tiefe, die keiner ausmessen kann, Spalten, von denen man meinen möchte, sie könnten unmittelbar bis an den von niemandem erblickten Mittelpunkt der Erde heranführen.

Die Speltsche Einfahrt

I.

Heinrich Magnus von Walberstedt diente in einem südrussischen Husarenregiment und nahm als Stabsrittmeister einen plötzlichen Abschied, als er die Nachricht vom Tode eines Onkels erhalten hatte; dieser Tod machte Walberstedt zum Herrn des Gutes Kirwen, eines unansehnlichen und wenig ergiebigen Besitzes im nordwestlichen Kurland. Das geschah in der letzten Regierungszeit Kaiser Alexanders I.

Walberstedt lebte in Kirwen sehr zurückgezogen. In den benachbarten Familien erwartete man, er werde über kurz oder lang heiraten, und obwohl er keine gute Partie war, richteten sich manche Gedanken auf ihn. Er sprach nie von sich, er war schön und schien schwermütig; es war die Zeit, da man Byrons Dichtungen las und in den Augen der jungen Mädchen nichts einen Mann so begehrenswert machte wie Zurückhaltung, Schwermut und Geheimnis.

Einige Male reiste er ins Ausland. Auch sonst war er häufig abwesend; wie es hieß, in Riga. In seinem frauenlosen Hause lebten Kinder, nämlich zwei Zwillingsschwestern; später kam noch ein halbjähriger Knabe dazu. Gefragt, bezeichnete Walberstedt diese Kinder als Waisen eines entfernten Verwandten. In der Nachbarschaft hieß es, eine verschleierte Dame sei mehrere Male zu kurzem Besuch nach Kirwen gekommen.

Mit der Zeit erhob sich das Gerücht, Walberstedt sei insgeheim verheiratet, und der Ring mit dem großen Saphir, den er an der rechten Hand trug, habe die Bedeutung eines Trauringes. Jemand wollte wissen, Walberstedt habe die Frau in Südrußland zurückgelassen. Ob sie die verschleierte

Besucherin gewesen sei, darüber gingen die Meinungen auseinander.

Das Gerücht traf zu; nur der Saphir war, obzwar auch ein Frauengeschenk, von anderer Herkunft, und den Trauring hatte Walberstedt in schwermütiger Verzweiflung eines Nachts in den Brunnen hinter den Stallungen seiner Schwadron geworfen.

Zwei Jahre bevor er in Kirwen erschien, hatte Walberstedt, von einer jähen Leidenschaft ergriffen, die Witwe eines jüngeren, um ihretwillen im Duell gefallenen Kameraden geheiratet. Auf die Länge machte ihre Ungezügeltheit das Zusammenleben unmöglich. Aber die Frau gehörte der griechischen Kirche an, eine Scheidung war nach den Staatsgesetzen nicht angängig.

Walberstedt begann das Erlittene erst zu verwinden, nachdem er Désirée kennengelernt hatte. Auch Désirée war Witwe, Witwen waren sein Schicksal, und seine Mutter hatte er gleichfalls nur als Witwe gekannt.

Aus ihrer kurzen Ehe hatte Désirée keine Kinder. Sie lebte in Riga in einer ähnlichen Zurückgezogenheit wie Walberstedt in Kirwen, gegenüber ihrer Verwandtschaft eine stolze Unabhängigkeit behauptend, aber zu klug, um sie und die Welt durch Ungewöhnlichkeiten der Lebensweise herauszufordern. Ihre Gesundheit war zart, häufig unternahm sie Badereisen ins Ausland.

Sie trafen sich jenseits der preußischen Grenze, sie reisten zusammen. Sie gebar ihm Zwillingstöchter, danach den Knaben. Die Geburten geschahen im Auslande, die Kinder nahm Walberstedt zu sich.

Vielleicht überstiegen die Geburten die Leistungskraft ihrer Natur. Sie erkrankte schwer und wagte doch lange nicht, Walberstedt zu benachrichtigen. Endlich meinte sie ihren nahen Tod vorauszusehen. Jetzt schrieb sie ihm, und die Züge waren klein, schwer lesbar und wie zu einem gänzlichen Hinschwinden bereit. Flehentlich bat sie, er möge sofort mit den Kindern zu ihr nach Riga kommen, jetzt frage sie nicht mehr nach Aufsehen und Gerede. Er möge eilen, sonst könne es geschehen, daß er sie nicht mehr am Leben finde. Dies war gegen Ausgang des Winters.

Walberstedt fuhr sofort ab, in einer äußersten Bewegung aller Gemütskräfte. Er hatte die Kinder, welche inzwischen fünf- und dreijährig geworden waren, und deren Wärterin bei sich. Nach zwei hastigen Reisetagen in Mitau angelangt, hieß er Kutscher und Kinderfrau umkehren; er mochte sie nicht nach Riga mitnehmen, sie würden nachher schwatzen, und das Geraune könnte allzu leicht auch in die Herrenschicht aufsteigen. Die kurze Strecke bis Riga meinte er ohne die Hilfe der Kinderfrau auslangen zu können.

Er reiste mit Extrapost weiter und trieb zur Beschleunigung, reichliche Trinkgelder gebend, noch reichlichere verheißend. Unterwegs öffnete er häufig die Tür des geschlossenen Schlittens, sog den Wind ein und spähte besorgt nach dem Himmel.

Alle Eile hatte nichts gefruchtet, das Befürchtete trat ein: Als er die Düna, schon bei Dunkelheit, erreichte, da hatte der Eisgang begonnen. Bereits durch das Klingeln der Schlittenglocken, die antreibenden Rufe des Postillions hindurch hörte Walberstedt das dumpfe Schüttern der Schollen. Er zog den Handschuh aus und küßte verzweifelt den Saphir. Er preßte die Kinder leidenschaftlich an sich. Sie fragten und plapperten, kaum vermochte er zu antworten, ein zurückgedrängtes Schluchzen wollte ihm in die Kehle steigen.

Die beiden Ufer des Stromes waren damals nur durch

eine Floßbrücke verbunden, die zum Winter abgebrochen wurde. Sobald das Eis nicht mehr hielt, gab es keine Möglichkeit hinüberzugelangen.

Auf dem linken Düna-Ufer, der Stadt gegenüber, liegt an der großen, von Preußen und Kurland kommenden Fahrstraße der Vorort Thorensberg, dem damals noch ein halb ländlicher Charakter eigen war; es befand sich hier eine Anzahl von Gast- und Einkehrhäusern verschiedensten Ranges. Walberstedt wählte, um den Eisgang abzuwarten, einen seinem Stande wenig angemessenen Gasthof, weil er Begegnungen und Fragen aus dem Wege zu gehen wünschte. Er verließ die Poststation mit den Kindern und in Begleitung eines zufällig des Weges gekommenen Burschen, dem er sein Gepäck zu tragen gegeben hatte. Den dreijährigen Knaben hatte er auf den Arm genommen. Die fünfjährigen Zwillingsschwestern gingen, einander an den Händen haltend, in der Finsternis vor ihm her. Und von da an ist Walberstedt mitsamt den Kindern von niemandem mehr gesehen worden.

Ungezählte Male schickte Désirée ihre Jungfer hinaus, um das Wetter und den mutmaßlichen Beginn des Eisganges zu erkunden. Sie befahl, das Fenster zu öffnen, denn ihr war der Gedanke unerträglich, sie könnte vielleicht den Kanonenschuß überhören, mit dem von der Zitadelle aus den Stadtbewohnern verkündet wurde, daß das Eis in Bewegung geraten war. Als der Schuß fiel, richtete sie sich auf mit einer Behendigkeit und Leidenschaft der Bewegung, welche die Pflegerin bestürzten; es war, als wollte sie aus dem Bett springen. Eine halbe Stunde verharrte sie mühsam in dieser aufgerichteten Haltung. Dann war es ihr gewiß, daß Walberstedt zu spät gekommen war. Sie seufzte laut auf, schloß die Augen und lehnte sich zurück.

Aber nun war ihrer bereits zur Nachgiebigkeit gegen die beginnende Auflösung gestimmten Natur eine mächtige Hilfe erwachsen. Sie mußte leben, bis der Übergang über den Strom wieder frei und Walberstedt mit den Kindern bei ihr war. Der Arzt gewahrte mit Überraschung eine neue Lebenszähigkeit; eine Woche hindurch ließ er sich von ihr täuschen. Als der Eisgang vorüber war, schickte Désirée abermals einen Boten nach Kirwen; dieser fand sie bei seiner Rückkehr nicht mehr am Leben.

Es dauerte eine Weile, bis Walberstedts und der Kinder Verschwinden auffällig wurde. Nun wurde nachgeforscht, doch stellte sich kein Ergebnis ein. In den »Rigischen Anzeigen« wurde eine Belohnung für dienliche Mitteilungen ausgeschrieben; niemand meldete sich. Endlich nahm man an, Herr von Walberstedt, der es ja offenbar eilig gehabt hatte, die Stadt noch vor Eisgang zu erreichen, habe tollkühnerweise auf eine nicht mehr feststellbare Art die Überfahrt über das Eis gewagt und sei dabei mit den Kindern umgekommen. Manche meinten auch, er werde den Übergang zu Fuß versucht haben.

Es mag wundernehmen, daß man sich hiermit abfand; aber das Geheimnis des Todes schien dem Geheimnis des Lebens zu entsprechen. Die Nachforschungen wurden ja auch nicht von einer Gattin, von Geschwistern oder Eltern, sondern von Fernstehenden betrieben. Dazu waren, als man mit ihnen begann, seit dem Schuß von der Zitadelle schon Wochen vergangen.

II.

Zu Anfang der siebziger Jahre gründete Nikolai Hochgereuth, Kaufmann und Ältester der Großen Gilde zu Riga, in Thorensberg eine Baumwollspinnerei. Zu diesem Zweck erwarb und vereinigte er eine Reihe aneinanderstoßender Grundstücke, bebauter und unbebauter. Zum herrschaftlichen Wohngebäude wurde ein großes, zweistöckiges, aus dem vorigen Jahrhundert stammendes Holzhaus bestimmt, das immer noch »die Speltsche Einfahrt« genannt wurde, obwohl es nun schon seit Jahrzehnten mancherlei anderen Zwecken gedient und viele Veränderungen erfahren hatte. Dieser Gasthof hatte, wie alte Leute zu erzählen wußten, in keinem sehr ausgezeichneten Rufe gestanden. Spelt, sein letzter Inhaber, war, so hieß es, ursprünglich Maurergeselle gewesen und von seiner Wanderschaft unerklärterweise mit beträchtlichen Geldmitteln zurückgekehrt. Er erwarb das Anwesen, in welchem fortan allerhand düstere Dinge geschehen sein sollten.

Hochgereuth beabsichtigte einen völligen Umbau des Hauses, den namentlich seine Frau sehr lebhaft wünschte und für den die Pläne bereits vorlagen. Aber sei es, daß die Errichtung der Baumwollspinnerei bereits fast allzu hohe Anforderungen an seine Mittel stellte, sei es, daß er den Wunsch hatte, gerade in der Anfangszeit in unmittelbarer Nähe des neuen Unternehmens zu sein und nicht mehrere Male des Tages zwischen seiner in der Petersburger Vorstadt gelegenen Wohnung und dem entfernten Thorensberg hin- und herfahren zu müssen – genug, der Umbau wurde hinausgeschoben, und nach Vornahme einiger oberflächlicher Herstellungsarbeiten wurde die Speltsche Einfahrt bezogen. Neu gestrichen, in das Grün eines sehr ausgedehnten Gartens gebettet, machte sie jetzt einen Eindruck von altväterisch-behaglicher Stattlichkeit. Zwei Flügel sprangen vor, um den Hof herum lief in Stockwerkshöhe eine hölzerne, gedeckte Säulengalerie. Willkommen waren auch die geräumigen Stallungen und Nebengebäude.

Das Ehepaar Hochgereuth, damals seit rund einem Jahrzehnt verheiratet, hatte zwei Kinder; der Sohn lag in der Wiege, Fanny hatte, als die Übersiedlung vorgenommen wurde, das sechste Jahr noch nicht vollendet. An dieser Fanny, einem im übrigen gesunden, heiteren und gutherzigen Kinde, hatten die Eltern und Dienstboten schon frühzeitig Beobachtungen machen müssen, die sie befremdeten. Erst schrieb man die Wahrnehmungen, von denen sie in aller Arglosigkeit als von Selbstverständlichem berichtete, einer kindlichen, noch von keiner Fähigkeit des Prüfens gezähmten Einbildungsgabe zu; später suchte man ihr mit Strenge die vermeintliche Unwahrhaftigkeit zu verweisen. Endlich mußte man sich mißwillig zu der Einsicht verstehen, daß ein herkömmliches Maß hier nicht anzulegen war.

Die Mutter schämte sich der Außergewöhnlichkeit, ja, der Ungehörigkeit im Wesen des Kindes, die sie ihrer Erziehung und Denkweise nach nun einmal für unzulässig halten mußte. Damenhaft vorausschauend, litt sie überdies schon jetzt an der Vorstellung, ein Bekanntwerden solcher Eigentümlichkeiten könne dereinst Fannys Heiratsaussichten schaden. Es wurde also Fanny verboten, außerhalb der engsten Familien- und Hausgemeinschaft von ihren Wahrnehmungen zu reden, und es spricht für die glückliche Unbefangenheit des Kindes, daß die Notwendigkeit einer steten Unterscheidung zwischen dem Erzählbaren und dem, das mit Unlust angehört oder unumwunden getadelt wurde, es keineswegs zur Verschlossenheit, Zwiespältigkeit und

Scheu entwickelte. Immerhin waren auch die Eltern vernünftig genug, vor Fanny so zu tun, als sei diese Eigenheit keineswegs etwas Besonderes. Und schließlich gewöhnte man sich, sie in den Rahmen des werktäglichen Lebens hineinzunehmen, wodurch sie ihrer Verdrießlichkeit zum größten Teile entkleidet war; so wie Eltern sich ja auch abzufinden haben, wenn es sich erweist, daß ein Kind mit dieser oder jener körperlichen Unzulänglichkeit behaftet ist.

Eine längere Zeit war nichts vorgefallen, und man hoffte bereits, die unbehagliche Gabe habe sich verloren. Aber da erwies es sich, daß mit der Übersiedlung in die Speltsche Einfahrt die Ungewöhnlichkeiten wieder zunahmen und binnen kurzem einen bisher nicht gekannten Grad erreichten. Und nun geschah es sogar, daß auch die Erwachsenen, freilich nur in Fannys Gegenwart, mitunter eigenartige Dinge wahrnahmen, etwa Geräusche aus Zimmern hörten, in denen sich niemand aufhielt, Klopflaute und Schritte, oder daß sie vom Hofe, vom Garten aus hinter einem der Fenster etwas wie ein fremdes Gesicht zu erblicken glaubten. Das Ehepaar, in dessen Lebensansicht derartige Dinge nicht paßten, hatte sich stillschweigend gewöhnt, über sie hinwegzusehen und sie niemals zu Gesprächsgegenständen werden zu lassen. Redeten in Gegenwart der Herrschaft die Dienstboten von ihnen, so wurde das mit Spott, der von Strenge nicht frei war, gerügt.

Eines Spätnachmittags im Winter saß Fanny über einem Bilderbuch, und die Kinderfrau war hinausgegangen, um in der Küche nach der Vespermahlzeit zu sehen. Auf dem Tische stand eine Petroleumlampe, deren Schein als ein breiter gelber Streifen durch die zu einem Teile offenstehende Tür ins unbeleuchtete Nebenzimmer fiel; dieses Nebenzimmer hatte keinen zweiten Ausgang.

Als die Kinderfrau mit der heißen Milch und den Wasserkringeln zurückkam, sah sie Fanny nicht mehr am Tische sitzen. Dafür hörte sie sie im Nebenzimmer auf eine besondere Weise hüpfen, und zwar zeigte das Geräusch an, daß sie bemüht war, mit geschlossenen Füßen und aus dem Stand über irgend etwas hinwegzuspringen.

»Wo bist du, Fannychen? Was machst du da?« fragte die Kinderfrau. »Ich habe deine Milch gebracht.«

»Gleich, gleich!« rief Fanny zurück, vergnügt und eifrig, wie ein Kind, das sich ungern von einem Spiel löst.

Die Kinderfrau mußte noch einmal rufen, und als Fanny kam, fragte sie, was sie im Nebenzimmer getrieben habe.

»Ich habe mit den anderen Kindern gehopst«, antwortete sie. »Wir sind immer über den Lichtstreifen weggesprungen. So!« Und sie machte die Art dieses Hüpfens vor.

»Mit was für anderen Kindern?«

»Da waren zwei Mädchen, so groß wie ich, und ein kleiner Junge.«

»Wo denn?« rief die Kinderfrau und ging hastig ins Nebenzimmer.

»Ja, jetzt sind sie nicht mehr da«, sagte Fanny, die ihr nachgelaufen war. »Gerade bevor du kamst, waren sie wieder weggegangen.«

»Wohin denn, Fannychen?«

»In den Ofen«, erklärte Fanny, als gäbe es nichts Natürlicheres, und deutete auf den riesigen Kachelofen, ein wahres Ungetüm, das nach Bauart und Verzierungen in den Anfang des Jahrhunderts zurückreichte.

»Aber Fannychen, was du auch immer für Geschichten machen mußt«, sagte die Kinderfrau mit gutmütiger Ärgerlichkeit, »aber erzähl nicht an Mamachen, Mamachen möchte unzufrieden sein.«

Nicht sehr lange nach diesem Vorkommnis hatte Frau Hochgereuth ihren Geburtstag, dessen festliche Begehung zugleich eine Art Einweihungsfeier für das neubezogene Haus sein sollte. Fanny, bald in der Küche, bald in den Gesellschaftsräumen den Vorbereitungen zuschauend, glührot vor Eifer und Aufregung, nach Kinderart sich zur Hilfe anbietend und wirklich einige Minuten lang mit dem Rühren einer Mayonnaise beschäftigt, bettelte immer wieder, des Abends aufbleiben und dem Tanz zusehen zu dürfen. Doch konnte sie nichts erreichen, als daß der Zeitpunkt ihres Schlafengehens um eine Stunde hinausgeschoben wurde. Als sie endlich im Bett lag, saß die Kinderfrau strickend neben ihr und suchte sie mit lettischen Liedern in den Schlummer zu singen.

Fanny schloß die Augen. Aber das Verlangen, wenigstens von fern einen Blick in das Reich des festlichen Erwachsenenglanzes tun zu dürfen, erlaubte dem überwachen Kind kein Einschlafen. Als die Kinderfrau leise davongegangen war, stand Fanny auf und schlich sich hinaus. Die Musik scholl ihr entgegen.

Unbemerkt gelangte sie in das sogenannte Lange Zimmer, das dem Tanzsaal quer vorgelagert und von diesem nur durch eine weinrote Sammetportiere getrennt war. Schon wollte sie die Portiere einen winzigen Spaltbreit zur Seite rücken, gerade so weit, daß sie Sicht hatte, ohne doch selber in die Gefahr des Entdecktwerdens zu geraten, als sie plötzlich das Gefühl hatte, es komme hinter ihrem Rücken jemand auf sie zu, und das, ohne daß sie Schritte gehört hätte. Sie wandte sich um und gewahrte einen schlanken Herrn, der in der Längsrichtung des Zimmers mit schnellen und ungeduldig anmutenden Schritten daherkam. Aber merkwürdig und zugleich im höchsten Grade fesselnd, ja sogar entschieden belustigend erschien Fanny der Umstand, daß der Herr nicht eigentlich ging, sondern schwebte. Und doch war es wiederum kein Schweben, wie etwa das Schweben der Engel sein mochte, sondern er ging ganz wie jeder andere Mensch, nur daß zwischen seinen Schuhen und dem Fußboden ein freier Raum von halber Stuhlhöhe blieb.

Fanny war der Meinung, er wolle in den Tanzsaal. Mit einer einladenden Bewegung hob sie die Portiere ein wenig auseinander und trat selbst zur Seite, um nicht vom Saale aus erblickt zu werden. Aber der Herr hatte offenbar andere Absichten. Er setzte, ohne auf Fanny und die Portiere zu achten, an beiden vorüber seinen Weg fort, und vielleicht hatte er sie nicht einmal wahrgenommen. Fanny sah ihm verwundert nach. Es fiel ihr auf, daß er anders angezogen war, als sie es sonst zu sehen gewohnt war. Die hellgrauen, einfarbigen Hosen lagen fest an und endeten, dies konnte Fanny bei der merkwürdigen Gehweise des Fremden sehr genau erkennen, in Stegen, die sich unten um die Schuhsohlen schlossen. Der dunkle Rock war in der Taille sehr eng und schien aus einem atlasartigen Stoff gefertigt, und der steife Kragen reichte fast über das Kinn. Das erinnerte an das Ölbild des Großvaters, des Ratsherrn Hochgereuth, das im Saale hing. Das Haar war an den Schlafen vorgebürstet, und von den Ohren bis in die Nähe der Nase zog sich ein schmaler Backenbart. Solche Backenbärte trugen jetzt nur noch ganz wenige alte Herren, und sie waren dann schneeweiß; dieser aber hatte, wie auch das etwas lockige Kopfhaar, eine hübsche dunkelbraune Farbe.

Der Fremde ging bis an die linke Schmalseite des Langen Zimmers, an der sich draußen die hölzerne Galerie entlangzog. Fanny dachte: »Was mag er dort nur wollen?« denn an dieser Stelle ging es nicht weiter, und es kam auch keine Seitentür mehr. Zu ihrem Erstaunen öffnete er ein Fenster, das jemals bemerkt zu haben sie sich nicht erinnern konnte. Er beugte sich hinaus in der Haltung eines Lauschenden und hob dann den Kopf nach rechts und links, wie einer, der nach dem Wetter ausspäht. Er zuckte zusammen, als habe ihn ein feindseliges Geräusch getroffen und erschüttert, schloß das Fenster und kehrte in der vorigen Weise zurück, nur daß er jetzt langsam, schleppend und niedergeschlagen ging. Fanny gewahrte deutlich den kummervollen Ausdruck seines Gesichts. Er war schon an ihr vorbei, als sie ihn schmerzlich seufzen hörte.

Auf seinem Rückweg von der Schmalwand des Langen Zimmers bis zur Portiere hatte Fanny noch zu einer anderen Beobachtung Gelegenheit gehabt. Nämlich es fiel ihr auf, daß dieser zwar fremdartig, aber doch sehr stattlich gekleidete Mann keinerlei Schmuck trug, während sie doch an ihrem Vater und dessen Freunden Ringe, Busennadeln, Hemdknöpfe und Uhrketten zu sehen gewohnt war. Und als empfinde er selbst diesen Mangel, so fuhr er sich mit unsicheren Griffen über Halstuch, Weste und Hände. Ja, er faßte nach dem Ringfinger der rechten Hand und vollführte dort eine Bewegung, als drehe er einen Ring, und hierbei trat in seine schönen dunklen Augen ein Ausdruck von so verzweifelter Schwermut, daß auch das Kind sich von einer plötzlichen Traurigkeit erfaßt fühlte. Doch schwand diese ebensoschnell, wie sie gekommen war, verdrängt von der Neugier, wohin der Herr jetzt gehen und was er weiter unternehmen werde. Fanny folgte ihm in den Korridor und sah jetzt, daß er nicht mehr schwebte, sondern daß seine Füße in der allen Menschen natürlichen Weise den Boden berührten. Sie dachte, er wolle vielleicht in Mamas Boudoir, aber er ging an dessen Tür vorbei und schien, plötzlich stehenbleibend, dafür eine andere zu öffnen, von der Fanny nichts gewusst hatte; im gleichen Augenblick war er verschwunden. Aber war das denn wirklich eine Tür gewesen? Die ebenmäßige Korridorwand ließ nichts Türähnliches erkennen. Fanny tastete umsonst nach einer Klinke.

»Aber wo kommst du denn her, Kindchen? Was guckst du so die Wand an?« rief, plötzlich aus dem Boudoir tretend, die Großmutter, nahm Fanny bei der Hand und führte sie, halb lachend, halb scheltend, zur Kinderfrau. Sie blieb dabei, während Fanny ins Bett gebracht wurde, sie saß noch eine Weile bei ihr und ließ sich erzählen, sie sorgte dafür, daß Fanny ein Glas Zuckerwasser mit einem niederschlagenden Pulver bekam; bald danach war das Kind friedlich eingeschlafen.

Während der nächsten Wochen ereignete sich eine Reihe sinnlos erscheinender, unbedeutender, aber höchst lästiger Vorfälle. Die Klopflaute nahmen zu, sie geschahen bei hellem Tage und während der Mahlzeiten, und es gesellten sich allerhand andere störende Geräusche zu ihnen. Dazwischen war es ein Seufzen und Ächzen; dies hatte freilich den Vorteil, daß man es auf Zugwind oder auf den Ofen schieben konnte, doch fühlte jeder das Unzureichende solcher Erklärungsversuche. Schwieriger war es, sich mit den Schritten abzufinden. Dazwischen schien mit Steinen oder Holzklötzen geworfen zu werden, und einige Male erhob sich im Büffettzimmer und in der Küche ein Geklirr und Gedröhn, als würde alles Geschirr zu Scherben geschlagen; doch fanden die bestürzt Hinzueilenden alles in der gewohnten Ordnung. Dem Ehepaar Hochgereuth widerfuhr es, daß nachts Decken fortgezogen wurden und Berührungen die Hände und Gesichter streiften; es war nicht leicht, bei der Auslegung zu verharren, der Ehepartner habe im Schlafe und außerhalb seines Willens solche Bewegungen vorgenommen. Und kurz, es schien darauf abgesehen, auch die Erwachsenen nachdrücklich darauf hinzuweisen, daß sie gut täten, Fannys Erlebnisse gelten zu lassen und ihnen mit Ernst nachzugehen.

Endlich kam es während der Passionszeit zu einer langen und von Erregungen nicht freien Aussprache zwischen dem Ältesten Hochgereuth und seiner Frau. Sie endete mit dem Entschluß, das Haus einem vollkommenen, so bald wie möglich in Angriff zu nehmenden Umbau zu unterziehen. Hochgereuth selbst dachte sich für die Bauzeit in einem der Nebengebäude einzurichten. Der Sohn sollte der Großmutter übergeben werden, die Frau zu einer schon seit längerem ins Auge gefaßten Kur nach Bad Elster reisen und Fanny mitnehmen. Ohnehin hatte der ins Vertrauen gezogene Hausarzt immer die Meinung vertreten, die neuen Eindrücke einer Ortsveränderung würden Fanny vielleicht helfen, ihre abwegige Anlage zu überwinden.

In den Tagen der Reisevorbereitungen saß einmal in Abwesenheit der Kinderfrau die Mutter mit einer Handarbeit während des Nachmittagsschlafes an Fannys Bett. Das Kind schlief ruhig und fest nach seiner Art.

Die Mutter sah ihm zu und gewahrte, daß es im Schlaf eine Bewegung machte, als scheuche es eine Fliege von der Stirn. Diese Bewegung wiederholte sich einige Male, und es war doch keine Fliege zu erblicken. Fanny erwachte, richtete sich ein wenig auf und lachte. Gleich danach bog sie den Kopf zurück, als sei er von einem leichten Stoß getroffen worden.

»Was hast du?« fragte die Mutter.

»Ich weiß nicht«, antwortete Fanny, »das ist so, wie wenn

jemand etwas wirft. – Da! Da ist es!« rief sie gleich darauf, griff sich an die Stirn und zeigte der Mutter die geöffnete Hand, auf der ein zur Kugelform zusammengeknülltes Papier lag.

Die Mutter nahm, unangenehm berührt, die Papierkugel und faltete sie auseinander. Es war eine alte Nummer der »Rigischen Anzeigen«, rund ein halbes Jahrhundert zurückreichend, und das Datum bezeichnete einen Tag im beginnenden Frühling. Frau Hochgereuth überflog betroffen das vergilbte Blatt, das sparsam von einigen Staatsvorfällen im Auslande und redselig von einer Hochzeitsfeier im Kaiserhause berichtete. Es folgten Handelsnachrichten und allerlei Bekanntmachungen. Unter diesen war eine durch einen am Rande angebrachten Strich mit dem Fingernagel hervorgehoben. Frau Hochgereuth las:

»Nachdem man bisher auf allerlei Art vergeblich versucht hat, sich über das Verschwinden des weiland Russisch-Kayserlichen Stabsrittmeisters Hrn. von Walberstedt auf Kirwen in Kurland und der drei mit ihm gereisten Kinder ins Klare zu setzen, wird nunmehr auf diesem Wege die Öffentlichkeit um Mitteilungen gebeten.« Es folgte eine Personalbeschreibung, in der Bart- und Haartracht geschildert und unter anderem auch die Schmucksachen des Vermißten aufgeführt waren, ein Ring mit einem großen Saphir an der rechten, ein Siegelring an der linken Hand, eine Brillantnadel, eine goldene, schön ziselierte Uhr von Genfer Arbeit, eine Kette mit zahlreichen Berloques, ebenfalls von Gold. Bekleidet sei der Verschwundene vermutlich mit einem dunkelfarbigen, atlassenen Leibrock und hellgrauen Beinkleidern gewesen. Herr von Walberstedt, so hieß es weiter, sei mit den Kindern an dem und dem Tage, von Mitau kommend, in Thorensberg zuletzt gesehen worden.

Frau Hochgereuth fuhr zusammen, denn das hier angegebene Datum stimmte mit dem des heutigen Tages überein. Sie hatte Mühe, ihre Erregung vor Fanny zu verbergen, doch brachte sie es fertig, während des Ankleidens die herkömmlichen Späße mit ihr zu treiben. Sie versagte es sich auch, Fanny noch einmal nach einigen Einzelheiten der damals gemachten Wahrnehmungen zu fragen, und bewahrte überhaupt ihre Haltung, welche die Haltung einer zum Leben in der Welt und in der Gesellschaft erzogenen und in dieser Haltung eine immer offenstehende Zuflucht habenden Frau war. Nur einmal drückte sie das Kind an sich und sagte: »Weißt du, vielleicht fahren wir doch schon früher ins Ausland.«

Sie ging mit dem Zeitungsblatt zu ihrem Mann und erklärte, die Reise müsse beschleunigt werden. Schon am nächsten Morgen siedelte sie mit den Kindern zu ihrer Mutter über und verbrachte dort die letzten Tage vor der Abfahrt.

Mit dem Umbau wurde begonnen, sobald die Witterung es zuließ. Einige Wochen nach ihrer Ankunft in Bad Elster erhielt Frau Hochgereuth von ihrem Manne eine ausführliche Schilderung. Als die Korridorwand eingerissen wurde, da fand sich dort, wo nach Fannys Behauptung der Unbekannte verschwunden war, ein Stück Ziegelgemäuer, das in dem sonst hölzernen Haus befremdete. Man trug es ab und stieß auf eine enge Höhlung. Die Arbeiter fuhren zurück. Vor ihnen stand ein altmodisch gekleideter Mann in dunklem Rock und hellen Hosen. Aber nur einige Augenblicke hindurch sahen sie ihn stehen, denn durch die Fortnahme der Ziegelsteine ihres Haltes beraubt, fiel die Gestalt vornüber und der Sturz im Verein mit dem Zutritt der Luft genügte, um die Kleidungsstücke in Staub aufgehen zu lassen. Was blieb, war ein von eingetrockneter, dunkel gewordener Haut überspanntes Gerippe und ein paar metallene Knöpfe und Haken.

Hochgereuth, der während dieses Vorganges auf der Börse gewesen war und erst mehrere Stunden später nach Thorensberg zurückkehrte, fuhr selbst zur Polizei, um die Entdeckung anzuzeigen. Der Polizeimeister Grün kam in Begleitung eines Arztes mit. Weder am Schädel noch sonst an den Knochenteilen fanden sich irgendwelche Beschädigungen; so wurde angenommen, der Mann sei erdrosselt worden.

Hochgereuths Brief enthielt noch weitere Nachrichten. Bei der Abtragung des Ofens in der Nebenstube des Kinderzimmers wurden drei eingemauerte Kinderschädel und ein wirrer Haufen von Kinderknöchelchen zutage gebracht. Am Ende des Langen Zimmers fanden sich die Spuren eines offenbar bei einer der späteren Veränderungen zugemauerten Fensters. Auch stellte sich heraus, daß der Boden des Langen Zimmers ursprünglich um mehrere Hand breit höher gelegen haben mußte, ein Umstand, der leicht mit dem von Fanny behaupteten Schwebegang jenes Mannes in Verbindung gebracht werden konnte. Einige Arbeiter stürzten, ohne empfindlichere Beschädigungen zu erleiden, vom Erdgeschoß aus in einen bis dahin unbekannt gewesenen Kellerraum. Auch in diesem wurde eine Anzahl von Skeletten gefunden. Auf Anordnung des Polizeimeisters wurden sämtliche ans Licht gekommenen menschlichen Überreste unter Zuziehung eines Popen zum Friedhof gebracht und hier nach den Gebräuchen der griechischen Kirche in einem gemeinschaftlichen Grabe beigesetzt.

Die gemachten Funde hatten, so schrieb Hochgereuth, ihn bestimmt, sich nicht auf die vorgesehenen Umbauten zu beschränken, sondern das Gebäude fast gänzlich abreißen zu lassen. So dürfe man hoffen, in der Zukunft ein verschontes und von keinen Grauslichkeiten beeinträchtigtes Leben zu führen. Es mag hier eingeschaltet werden, daß diese Hoffnung sich völlig erfüllt hat.

Übrigens gab Hochgereuth in jenem Brief an seine Frau lediglich die berichteten Tatsachen wieder und enthielt sich jeglicher Meinungsäußerung, nur daß er, gemäßigter Anglomane wie so manche Männer seiner Zeit, das bei solchen Vorkommnissen gebräuchliche und in höherem Grade, als er ahnte, abgegriffen gewordene Hamletwort hinzufügte:

»There are more things in heaven and earth,
Horatio,
than are dreamt of in your philosophy.«

Nachwort

Von der kindlichen Bitte »Erzähl mir was!« bis zum resignierenden Abwehren des aufgeklärten Erwachsenen »Erzähl mir nichts!« liegen zahlreiche Abstufungen und Erfahrungen. Sie reichen vom erzählten Märchen bis zum Bericht eines unglaublichen Vorfalls.

Vor allem Schreiben liegt das unbefangene Erzählen und Fabulieren, ein Strom wie das Leben selbst, der schwer einzudämmen ist. Hinter den geschilderten Ereignissen tritt der Erzähler zurück. Nur mitunter taucht er auf, als temperamentvoller Kommentator zum Innehalten auffordernd. An solchen winzigen Staustellen gibt er sich zu erkennen, visiert seine Zielgruppe an, will Zustimmung oder fordert Kritik heraus.

In der Auswahl von Motiv und äußerer Form ist er souverän. Unglaubliches erzählt er mit der zwingenden Selbstverständlichkeit des »Ich bin doch dabei gewesen!«.

Im alten Baltikum blühten Fabulierfreude und anekdotisches Erzählen. Der klimatisch rauhe Nordosten machte den Griff nach der Schnapsflasche notwendig, und die Zunge löste sich.

Der Deutschbalte Werner Bergengruen (1892-1964) bemerkte einmal scherzhaft: »Die deutsche Vorstellung von den Balten war diese: Sie verbrachten ihre Jugend zwischen deutschen Hörsälen und russischen Kasernenhöfen. Später saßen sie in eingeschneiten Häusern, tranken Schnaps mit Sakuska (dem herkömmlichen Zubiß) und erzählten einander Geschichten. Die Winter waren sehr lang und die Winternächte ebenfalls. Wie alle falschen Vorstellungen war auch diese nicht ganz unrichtig.«

Ebenso wichtig wie der Erzähler war natürlich der Zuhörer. Bergengruen berichtet von seinem Alter ego, dem »Letzten Rittmeister«: »Jeder hockte gern mit ihm an einem Tisch, und jeder hörte ihn gern erzählen. Doch war der Rittmeister, was bei guten Erzählern nicht die Regel ist, zugleich ein guter Zuhörer. Seine Lust an Geschichten jeglicher Gattung wußte sich auf beide Arten zu sättigen. Es war hübsch, seinem geschwind wechselnden Mienenspiel zu folgen, das alle Phasen des Erzählten begleitete und während einer jeden die gerade von ihr angerufenen Empfindungen ausdrückte. Er verwandte kein Auge vom Erzähler und unterbrach ihn selten durch etwas anderes als durch einen unwissentlich getanen Ausruf der Überraschung, Bewunderung, Zustimmung oder durch einen unwillkürlichen, der Fülle des Augenblicks entspringenden Schlag auf die Tischplatte. Und wurde etwas Läppisches erzählt, so strich er sich den Schnurrbart, um, wie er mir einmal gestand, doch wenigstens ein winziges Amüsement zu haben.« (Aus: Werner Bergengruen, Der letzte Rittmeister. Zürich 1952.)

Das Heimweh nach den alten baltischen Zuständen ist der schon früh emigrierte Bergengruen nie losgeworden. Den Neuanfang der selbstständigen Staaten Lettland und Estland hat er nicht mehr erlebt. Er hätte ihn gefreut, ein Beweis für seinen unerschütterlichen Glauben, daß das »Leben in seiner Herrlichkeit« unzerstörbar ist: »Du hast Bäume gepflanzt, Brot gegessen, Wein getrunken und Recht gesprochen. Du hast Kinder gezeugt, und deine Kinder haben getan wie du. Du hast gelacht und Tränen geweint und das gleiche haben deine Kinder getan und werden deine Enkel und deine Urenkelskinder tun. Einmal hast du zu deiner Tochter gesagt, das Leben erscheine dir wie ein schwarzes

Brot, ohne ein anderes Gewürz als das Salz, einfach, bitter, nahrhaft und recht.« So läßt er in einer seiner Erzählungen eine alte Russin sprechen.

Bergengruen sah sich als einen Chronisten dieses für ihn so weit entfernten und versunkenen baltischen Landstrichs an, und er bewahrte erzählend und schreibend auf, was er an Erinnernswertem vorfand – eine portable Heimat.

»Heimat nimmt man an den Schuhsohlen mit«, behauptete der gleichfalls aus dem Nordosten stammende Johannes Bobrowski aus Tilsit, der 1965 in Berlin starb.

Diese unbehausten Emigranten aus dem Osten waren in polyglotten Zuständen aufgewachsen zwischen Russen, Polen, Letten und Esten. Dem fernen Vaterland hielt man die Treue, und die deutschen Balten befanden sich bis zur Revolution unter Mütterchen Rußland recht wohl.

Ritter, Missionare und Kaufleute hatten diese Länder einst erobert, die Hanse gab Ordnung und Gesetz. Die Deutschen waren den Ureinwohnern der drei Provinzen Kurland, Livland und Estland, den Letten und Esten – mitunter recht rauhe – Geburtshelfer gewesen. Bis ins neunzehnte Jahrhundert hinein erfreute sich die deutsche Oberschicht weitgehender Freiheiten, auch unter zaristischer Herrschaft, und man lebte in dem weiträumigen, nur dünn besiedelten Land ungezwungen, begütert und nahezu sorglos. Die Familien auf den Gütern hatten zahlreiche Mitglieder, Tanten, Vettern und Zugewandte. Daß jemand für eine Woche anreiste und dann zwei Jahre blieb, zeugt nicht nur von Gastfreundschaft, sondern vom Bedürfnis nach Unterhaltung und Geselligkeit. Da wurde erzählt, geflunkert und vorgelesen, Spökenkiekerei und Schnaps gehörten dazu.

So spielen auch die vorliegenden, größtenteils sehr frühen Erzählungen und Novellen Bergengruens im Raum des geliebten Nordostens, der immer auch »das andere Ufer« einschließt, in einer Welt des vorigen Jahrhunderts, lange bevor wir die virtuelle erreichten.

Der Autor berichtet vom Beginn seiner kindlichen Ausflüge ins Phantastische im »Sommer am Strand«, dem die frühe Erinnerung an »Die Märchenkutsche« im winterlichen Riga folgt. »Der Teufel im Winterpalais«, leichte Ware, führt in den St. Petersburger Karneval und wurde von der Herausgeberin unwesentlich gekürzt. »Fremde Gerüche« werden in der Welt der geliebten kleinen Leute Lettlands erschnuppert. Die Erzählung »Die Erbschaft« spielt in Rigas Kalkstraße, wo Bergengruens Elternhaus stand. »Das schwarze und das weiße Pferd« erzählt vom märchenhaften Glück und Unglück der Gandsja und ihres Kosaken Dorosch.

In der Novelle »Der Schmuck« wird ein Versprechen gebrochen und wieder eingelöst. Musik und Gespenster geistern durch den »Ball im Ostflügel« eines kurländischen Schlosses. Und »Der Chinese« mit den guten Augen, der vielleicht ein Schutzengel war, ist der unscheinbare Held in einer Soldatengeschichte.

Die früheste der Erzählungen, »Der grüne Kasten«, in der Zeit des Ersten Weltkriegs geschrieben, wird hier erstmals veröffentlicht. In prägnanter und zupackender Sprache erscheint uns Heutigen das Geschehen so aktuell wie zur Zeit der Entstehung. Auch »Die Frau mit der Kerze« spielt in kriegerischen Zeiten, in den Schattenbereichen zwischen Leben und Tod, die einen bei Tageslicht »eigentlich gar nichts angehen«.

Spuk und Erbteilung beunruhigen die Rigensische Witwe Kitty in ihrer Fliederlaube, geschildert in der spökenkiekerischen Geschichte »Drei Sterne«, die dem geneigten aufgeklärten Leser sicher zu weit gehen wird.

Dem »Erlebnis auf einer Insel«, nach 1940 geschrieben, mögen ebenfalls übersinnliche Erscheinungen zugrunde liegen, eingebettet in die urwüchsige Ostseelandschaft, deren Einbrüche und Abgründe in andere Dimensionen zu führen scheinen.

»Die Speltsche Einfahrt« beschließt die Auswahl. Der Eisgang auf der Düna als einzige Brücke ans andere Ufer erweist sich als trügerisch, und schließlich ist es ein Kind, das das kriminalistische Rätsel lösen kann.

»Jeder Tod hat sein Gelächter« hat Bergengruen als Motto für eines seiner Bücher gewählt. Lachen wir mit und lassen wir dem Balten seine Fabulierfreude, auch wenn sie in unwägbare Bereiche führt, deren Einfahrt uns zu allen Zeiten offensteht.

N. Luise Hackelsberger

Quellenhinweis

Erstveröffentlichungen der Novellen

Sommer am Strand in: *Kindheit am Wasser*, Zürich 1976.

Die Märchenkutsche in: *Die Schnur um den Hals*, Novellen, Berlin 1935.

Der Teufel im Winterpalais: Titelnovelle im gleichnamigen Band, Leipzig 1933.

Fremde Gerüche in: *Kindheit am Wasser*, Erzählungen, Zürich 1976.

Die Erbschaft in: *Die Schnur um den Hals*, Novellen, Leipzig 1935.

Das schwarze und das weiße Pferd in: *Rosen am Galgenholz*, Berlin 1923.

Der Schmuck in: *Der tolle Mönch*, Berlin 1930.

Der Ball im Ostflügel in: *Zorn, Zeit und Ewigkeit*, Erzählungen, Zürich 1959.

Der Chinese in: *Begebenheiten.* Geschichten aus einem Jahrtausend, Berlin 1935.

Der grüne Kasten: unveröffentlichte Erzählung, wohl um 1918 entstanden.

Die Frau mit der Kerze in: *Zorn, Zeit und Ewigkeit*, Erzählungen, Zürich 1959.

Drei Sterne: ebenda.

Erlebnis auf einer Insel: Zürich 1952.

Die Speltsche Einfahrt in: *Zorn, Zeit und Ewigkeit*, Erzählungen, Zürich 1959.

Zu dieser Ausgabe

insel taschenbuch 2835: *Werner Bergengruen, Sommer am Strand.* Zusammengestellt und mit einem Nachwort von N. Luise Hakkelsberger. Der Text folgt der Ausgabe: Werner Bergengruen, Baltische Geschichten. © 2000 nymphenburger in der F. A. Herbig Verlagsbuchhandlung GmbH, München.

Umschlagabbildung: Albert Edelfelt. Spielende Kinder am Strand (Ausschnitt), 1884

Russische Literatur im Insel Verlag
Eine Auswahl

Tschingis Aitmatow. Dshamilja. Erzählung. Übersetzt von Gisela Drohla. Mit einem Vorwort von Louis Aragon und Zeichnungen von Hans G. Schellenberger. Großdruck. it 2323. 139 Seiten

Fjodor Michailowitsch Dostojewski
Sämtliche Romane und Erzählungen. Übersetzt von Hermann Röhl.
- Band 3: Onkelchens Traum. Aus der Chronik der Stadt Mordassow. Roman. it 963. 183 Seiten
- Band 4: Das Gut Stepantschikowo und seine Bewohner. Aus den Aufzeichnungen eines Unbekannten. Roman. it 964. 292 Seiten
- Band 5: Erniedrigte und Beleidigte. Ein Roman in vier Teilen. Mit einem Epilog. it 965. 484 Seiten
- Band 6: Aufzeichnungen aus einem Totenhause. it 966. 415 Seiten
- Band 8: Der Spieler. Aus den Aufzeichnungen eines jungen Mannes. it 968. 198 Seiten
- Band 9: Schuld und Sühne. Roman. it 969. 802 Seiten
- Band 10: Der Idiot. Roman. it 970. 951 Seiten
- Band 12: Die Teufel. Roman. it 972. 929 Seiten
- Band 13: Werdejahre. Roman. it 973. 801 Seiten
- Band 14: Die Brüder Karamasow. Roman. Dritter und vierter Teil. Zwei Bände. it 974. 1324 Seiten
- Band 16: Der Traum eines lächerlichen Menschen. Und andere Erzählungen. it 976. 355 Seiten

Band 1, 2, 7, 11 und 15 sind nicht mehr lieferbar.

NF 45/1/10.00

Einzelausgaben
- Arme Leute. Roman. Übersetzt von Hermann Röhl. it 2146. 160 Seiten
- Der Großinquisitor. Übertragen und mit einem Nachwort von Rudolf Kassner. IB 149. 44 Seiten
- Helle Nächte. Ein empfindsamer Roman. (Aus den Erinnerungen eines Träumers.) Übersetzt von Hermann Röhl. Großdruck. it 2328. 132 Seiten
- Der Jüngling. Übersetzt von Hermann Röhl. it 1890. 801 Seiten
- Die Sanfte. Eine phantastische Erzählung. Übersetzt von Wolfgang Kasack. it 1138. 88 Seiten
- Der Spieler. Aus den Aufzeichnungen eines jungen Mannes. Übersetzt von Hermann Röhl. it 968. 198 Seiten

Dostojewski in Deutschland. Herausgegeben von Karla Hielscher. Mit zahlreichen Illustrationen. it 2576. 290 Seiten

Dostojewski in der Schweiz. Ein Reader. Herausgegeben von Ilma Rakusa unter Mitwirkung von Felix Philipp Ingold. Mit zahlreichen Fotografien. 348 Seiten. Leinen

Dostojewski und das Judentum. Von Felix Philipp Ingold. 292 Seiten. Leinen

Dostojewski. Leben und Werk. Von Wolfgang Kasack. Mit Abbildungen. it 2267. 160 Seiten

Nadeshda Durowa. Die Offizierin. Das ungewöhnliche Leben einer Kavalleristin. Übersetzt von Rainer Schwarz. it 2170. 358 Seiten

Nikolai Wassiljewitsch Gogol
- Aufzeichnungen eines Wahnsinnigen. Erzählungen. it 1513. 183 Seiten

- Der Mantel. Und andere Erzählungen. Übersetzt von Ruth Fritze-Hanschmann. Mit Illustrationen von András Karakas. Mit einem Nachwort von Eugen Häusler. it 241. 359 Seiten
- Die Nacht vor Weihnachten. Mit Illustrationen von Monika Wurmdobler. it 584. 93 Seiten
- Die toten Seelen. Erzählung. Übersetzt von Hermann Röhl. it 987. 527 Seiten

Iwan Gontscharow. Oblomow. Mit Illustrationen von Theodor Eberle. it 472. 522 Seiten

Maxim Gorki. Der Landstreicher und andere Erzählungen. Übersetzt von Arthur Luther. Mit einer Einführung von Stefan Zweig und Illustrationen von András Karakas. it 2219. 310 Seiten

Alexander Kuprin. Die schöne Olessja. Eine Liebesgeschichte aus dem alten Rußland. Übersetzt von Hermann Asemissen. Mit einem Nachwort von Wolfgang Kasack. it 2590. 140 Seiten

Romola Nijinsky. Nijinsky. Der Gott des Tanzes. Mit einem Vorwort von Paul Claudel. Übersetzt von Hans Bütow. Mit zahlreichen Fotografien. it 566. 399 Seiten

Waslaw Nijinsky. Tagebücher. Die Tagebuchaufzeichnungen in der Originalfassung. Übersetzt von Alfred Frank. it 2249. 282 Seiten

Alexander Puschkin
- Erotische Gedichte. Ausgewählt und übersetzt von Michael Engelhard. it 2526. 160 Seiten
- Jewgeni Onegin. Roman in Versen. Ausgewählt und übersetzt von Rolf-Dietrich Keil. it 2524. 270 Seiten

NF 45/3/10.00

Lew N. Tolstoj

- Die großen Romane. Geschenkausgabe in sieben Bänden. Anna Karenina. Krieg und Frieden. Auferstehung. 3948 Seiten. Pappband mit Dekorüberzug im Schuber

Einzelausgaben

- Anna Karenina. Herausgegeben von Gisela Drohla. Mit Illustrationen von Theodor Eberle. it 308. 1205 Seiten
- Auferstehung. Roman. Übersetzt von Adolf Hess. Mit Illustrationen von Theodor Eberle. it 791. 629 Seiten
- Die großen Erzählungen. Mit einem Nachwort von Thomas Mann. Übersetzt von Arthur Luther und Rudolf Kassner. it 18. 323 Seiten
- Hadschi Murat. Eine Ezählung aus dem Land der Tschetschenen. Übersetzt von Arthur Luther. Mit einem Nachwort von Wolfgang Kasack. it 2709. 192 Seiten
- Kindheit. Revidiert und herausgegeben von Gisela Drohla. Übersetzt von Hermann Röhl. Großdruck. it 2327. 187 Seiten
- Kindheit. Knabenalter. Jünglingsalter. Herausgegeben von Gisela Drohla. Übersetzt von Hermann Röhl. it 203. 436 Seiten
- Die Kosaken und andere Erzählungen. Herausgegeben von Gisela Drohla. it 1518. 478 Seiten
- Die Kreutzersonate. Erzählung. Übersetzt von Arthur Luther. Mit Illustrationen von Hugo Steiner-Prag. it 763. 176 Seiten
- Krieg und Frieden. Ein Roman in vier Bänden. Übersetzt von Hermann Röhl. Mit Illustrationen von Theodor Eberle. it 590. 2114 Seiten
- Die schönsten Erzählungen. Übersetzt von Gisela Drohla, Alexander Eliasberg, Arthur Luther und Hermann Röhl. it 2572. 288 Seiten
- Der Tod des Iwan Iljitsch. Übersetzt von Gisela Drohla. Mit Illustrationen von Theodor Eberle. it 864. 113 Seiten

NF 45/4/10.00

- Wieviel Erde braucht der Mensch? Erzählungen und Legenden. Übersetzt von Alexander Eliasberg und Arthur Luther. it 1198. 151 Seiten

Lew N. Tolstoj/Gustave Flaubert/Theodor Fontane. Drei Frauenleben: Anna Karenina. Madame Bovary. Effi Briest. Drei Romane. Vier Bände in Kassette. it 1874. 2050 Seiten

Anton Tschechow
- Die Dame mit dem Hündchen. Und andere Erzählungen. Mit Zeichnungen von András Karakas. Ausgewählt und mit einem Nachwort versehen von Werner Berthel. Übersetzt von Reinhold Trautmann. it 174. 388 Seiten
- Der Kirschgarten. Übersetzt und bearbeitet von Thomas Brasch. it 1341. 94 Seiten

Iwan Turgenjew
- Ein Adelsnest. Übersetzt von Herbert Wotte. it 1809. 234 Seiten
- Erste Liebe. Und andere Novellen. Übersetzt von Ena von Baer und Ekkehard Jäkel. Mit einem Nachwort von Friedrich Schwarz. it 257. 343 Seiten
- Erste Liebe. Novellen. Übersetzt von Ena von Baer. Großdruck. it 2324. 140 Seiten
- Frühlingsfluten. Novelle. it 2604. 188 Seiten
- Väter und Söhne. it 64. 299 Seiten

Russische Märchen. Nacherzählt von Elisabeth Borchers. Mit Illustrationen von Ivan Bilibin. it 1608. 126 Seiten

NF 45/5/10.00

Märchen und illustrierte Bücher im insel taschenbuch Eine Auswahl

Indianermärchen. Nach amerikanischen und deutschen Quellen herausgegeben und erläutert von Hugo Kunike. it 764. 144 Seiten

Irische Elfenmärchen. In der Übertragung der Brüder Grimm. it 988. 276 Seiten

Märchen der Romantik. Herausgegeben von Maria Dessauer. Mit zeitgenössischen Illustrationen. Zwei Bände. it 285. 789 Seiten

Russische Märchen. Nacherzählt von Elisabeth Borchers. Mit Illustrationen von Ivan Bilibin. it 1608. 126 Seiten

Die Erzählungen aus den Tausendundein Nächten. Vollständige deutsche Ausgabe. Übertragen von Enno Littmann. Einleitung von Hugo von Hofmannsthal. Mit farbigen Miniaturen in Schmuckkassette. 12 Bände. it 224. 4924 Seiten

Erzählungen aus Tausendundein Tag. Vermehrt um andere morgenländische Geschichten. Herausgegeben von Paul Ernst. Übersetzt von Paul Greve. Zwei Bände. it 1001. 1505 Seiten

Hans Christian Andersen. Märchen. Übersetzt von Eva-Maria Blühm. Mit Illustrationen von Vilhelm Pedersen und Lorenz Frølich. Drei Bände. it 133. 1129 Seiten

NF 22/1/4.00

Hans Christian Andersen. Die Schneekönigin. Übersetzt von Eva-Maria Blühm. Mit farbigen Illustrationen von Birgit Ackermann. it 2578. 112 Seiten

Hans Christian Andersen. Die schönsten Märchen. Übersetzt von Mathilde Mann. Ausgewählt von Ulrich Sonnenberg. it 2561. 272 Seiten

Clemens Brentano. Rheinmärchen. In der von Guido Görres herausgegebenen Fassung von 1846. Mit Illustrationen von Edward Steinle. it 804. 388 Seiten

Gottfried August Bürger. Münchhausen. Neu illustriert von Uta Bettzieche. it 2115. 200 Seiten

Lewis Caroll. Alices Abenteuer. Alice im Wunderland. Alice hinter den Spiegeln. Übersetzt von Christian Enzensberger. Mit Illustrationen von John Tenniel. it 2161. 284 Seiten. Zwei Bände in Kassette

Daniel Defoe. Robinson Crusoe. Übersetzt von Hannelore Novak. Mit Illustrationen von Ludwig Richter. it 41. 404 Seiten

Charles Dickens

- David Copperfield. Mit Illustrationen von Phiz. it 468. 1245 Seiten

- Eine Geschichte aus zwei Städten. Mit Illustrationen von Phiz und einem Nachwort von Harald Keller. it 1033. 506 Seiten

- Harte Zeiten. Übersetzt von Paul Heichen. Mit Illustrationen von F. Walker und Maurice Greiffenhagen. it 955. 434 Seiten

NF 22/2/4.00

- Nikolaus Nickleby. Mit Illustrationen von Phiz. it 1304. 1022 Seiten

- Oliver Twist. Übersetzt von Reinhard Kilbel. Mit Illustrationen von George Cruikshank. it 242. 607 Seiten

- Die Pickwickier. Mit Illustrationen von Robert Seymour, Robert William Buss und Phiz. it 896. 1006 Seiten

- Weihnachtserzählungen. Mit Illustrationen von Leech, Stanfield, Stone u.a. it 358. 504 Seiten

Almut Gernhardt/Robert Gernhardt. Ein gutes Schwein bleibt nicht allein. 7 Geschichten von Robert Gernhardt und 66 Bilder von Almut Gernhardt. it 2012. 72 Seiten

Almut Gernhardt/Robert Gernhardt. Was für ein Tag. Eine Geschichte von Robert Gernhardt mit Bildern von Almut Gernhardt. it 544. 40 Seiten

Jacob Grimm/Wilhelm Grimm. Grimms Märchen und Sagen. Mit Illustrationen von Otto Ubbelohde. Fünf Bände in Kassette. it 2151. 1688 Seiten

Deutsche Sagen. Herausgegeben von den Brüdern Grimm. Mit Illustrationen von Otto Ubbelohde. Zwei Bände im Schuber. it 481. 704 Seiten

Kinder- und Hausmärchen, gesammelt durch die Brüder Grimm. In drei Bänden. Mit Zeichnungen von Otto Ubbelohde und einem Vorwort von Ingeborg Weber-Kellermann. it 829. 991 Seiten

NF 22/3/4.00

Hermann Hesse. Kindheit des Zauberers. Ein autobiographisches Märchen. Handgeschrieben und illustriert von Peter Weiss. it 67. 124 Seiten

Hermann Hesse. Vogel. Ein Märchen. Mit Illustrationen von Gunter Böhmer. it 2399. 60 Seiten

Hermann Hesse. Die Märchen. it 2349. 428 Seiten

Bohumil Hrabal. Die Katze Autitschko. Erzählung. Übersetzt von Karl-Heinz Jähn. Mit Illustrationen von Hans-Jörg Brehm. it 2656. 144 Seiten

NF 22/4/4.00